怪談都市ヨモツヒラサカ

蒼月海里

PHP
文芸文庫

○本表紙デザイン＋ロゴ＝川上成夫

目次

怪談都市ヨモツヒラサカ

HAUNTED CITY
YOMOTSUHIRASAKA

目次・章扉デザイン——太田規介（BALCOLONY.）

誰にも見つからない場所に行こう。

誰かが自分を認知すれば、それは呪《のろ》いになるから。

そんな呪いに雁字搦《がんじがら》めの日々は、もうたくさん。いっそのこと、何者でもなくなればいいのに。


自分の願いが叶《かな》う場所があると知った。

分厚い壁を取り払うのは一苦労だけど、きっと上手《うま》くいく。

慎重に、首尾よく事を運ぼう。

そうすればきっと解放されるはずだ。

呪いにまみれた、息苦しくも忌《い》まわしい日々に。

第一話

狭間《はざま》列車

都内在住、高校二年生の女子が行方不明《ゆくえ》らしい。

塾に行くためにメトロに乗ったのを最後に、消息《しょうそく》を絶っているという。

世間では事件扱いになっていて、行方不明者の親がインタビューを受けて、早く帰ってきて欲しいと涙ながらに語っていた。

家出なんじゃない？

家族に辟易《へきえき》して出ていったのかもしれない。当の本人はいないから、真相はわからないけど。

南美《みなみ》は、そんな風に同年代の行方不明者に思いを馳《は》せながら、憂鬱《ゆううつ》な学校生活を送るべく家を後にしたのであった。


石津《いしづ》南美は、この世界に退屈《たいくつ》していた。

高校の同級生は色恋沙汰《ざた》と芸能人の話しかしないし、男子は中学校の時のままで、くだらない悪ふざけばかりしている。たまに、同級生らと同じようなことをしている大人を見かけるけど、子どものまま年を取ってしまったのだろうと同情していた。

そんな大人になるんじゃない、と南美の両親は言っていたし、南美もちゃんとした大人になりたかった。

世間にちゃんとした大人は少ないけど、本の中ならたくさんいる。

本の数だけ人生があり、本を開けば登場人物達の追体験ができる。南美は本から人生を学び、本の登場人物を手本とすることにした。

「石津さん、また本を読んでる」

クラスメートの女子の声が聞こえた気がして、南美は顔を上げた。

うっすらとメイクして髪を染めた彼女は、確か、町屋《まちや》といったはずだ。

メイクも髪染めも校則で禁止されているので、南美には理解しがたい相手であった。

「本なんて読んでないでさ。もっと他の連中と話したら？　なんなら、ウチらの仲間に入れてあげるけど」

「別に」

南美は即答した。

あげる、ってなんだ。なんで上から目線なんだ。

拒絶された町屋は、露骨《ろこつ》に顔をしかめた。

「はぁ？　なに、その態度。二年になってクラス替えしてから、ずっと本に齧《かじ》りついてばっかりじゃん。修学旅行もこのクラスで思い出作りするんだからさ。仲良くしようよ」

「……」

南美は沈黙《ちんもく》を返す。

仲良くって、なろうとしてなるものなんだろうか。気が合う者同士が、自然となるものではないだろうか。

町屋はわざとらしく溜息《ためいき》を吐《つ》く。

「そうやって自分の殻《から》に閉じこもってたら、孤立しちゃうんじゃね?」

別に構わない。だって、あなた達の仲間になりたくないから。

南美はそう言ってやりたかったが、面倒なので口を噤《つぐ》んだままだった。

「もういいじゃん。そいつ、陰キャだからさ」

町屋の後ろから、彼女の仲間の女子が声をかける。

誰だったっけ、と南美は記憶の糸をたぐり寄せる。一年生の時のクラスメートだったはずだが、名前が思い出せない。

「でも」

「陰キャは放っておきなよ。どうせ、碌《ろく》に会話なんてできないんだろうしさ。そばで黙ってられても気味が悪いし」

反論する町屋に、女子は鼻で嗤《わら》いながらそう言った。町屋は何か言いたそうにしていたが、やがて、諦《あきら》めたように輪の中に戻った。

それでいい。

南美は胸を撫《な》で下ろす。

陰気な奴《やつ》だと言われたのは癪《しやく》だったが、彼女らの輪の中に入るのはもっと苦痛だ。

一体、彼女達と何を話せばいいのか。芸能人に興味もないし、色恋沙汰にも興味がない。

今だって、クラスの男子を対象に、誰が「あり」で誰が「なし」かという話をしている。南美はクラスメートの男子にも興味がなかったし、彼らにも選ぶ権利があると思っていた。

「馬鹿《ばか》みたい」

こんな退屈な日々、いつまで続くのか。

高校を卒業して大学に行ったら、少しは変わるだろうか。でも、彼女らのような大人もいるし、死ぬまで変わらないのかもしれない。

南美に勉強しろと促《うなが》す両親の言うことですら、最近は薄っぺらいと思うようになってしまった。大人と会話をするよりも、本を読んだ方がずっといい。

「何のために、ここにいるんだろう」

本の中に登場するような、聡明《そうめい》で学びをくれる人達は現実にはいないのか。

では、現実を生きる意味とは何だろうか。

そんな気持ちが、南美の気持ちを現実から少しずつ切り離していくのであった。


本を読み終わってしまったので、図書館に行くことにした。

学びをくれた本と別れるのは悲しい。自分のお金で本を買えればいいのだが、親からもらった小遣いには限界がある。

早く大人になりたい。

そしたら、本をたくさん買えるのに。

南美はもどかしい気持ちを抱《いだ》きながら本を返却し、新たな出会いを求めて本棚の間をさまよった。

「ねえ、ヤバくない？」

不意に、女性の声がした。

目だけそちらに向けてみると、本棚の前で世間話をしている男女がいる。

カップルだろうか。本はそっちのけで、自分達の会話に夢中のようだ。デートだったら、外でやればいいのに。

うんざりしながら立ち去ろうとする南美であったが、女性の声色《こわいろ》は甘いものではなかった。

「友達が聞いたって言うのよ。マンホールの中からする声を」

「なんだそれ」

真剣な女性に対して、男性は苦笑する。

南美も同じ感想だ。マンホールの蓋《ふた》は分厚いし、中から人の声なんて聞こえるだろうか。

「去年亡くなった従兄《いとこ》の声に似てるって言ってて……。噂《うわさ》通り、死者の声だったらどうしよう」

死者の声。

そう耳にした南美のうなじを、生温《なまぬる》い風が撫でた。指先でなぞられているのではないかと思うほど鮮明な感覚で、南美は思わず振り返る。

だが、当たり前のように誰もいない。

本棚が果てしなく並び、沈黙を守っている。しかし、古びた床に落ちた影の中に、人影のようなものが揺らいでいるようにも見えた。

人間はいないのに、人ならざる者が蠢《うごめ》いている気がする。

「噂？」

女性に応じる男性の声に、南美は現実に引き戻された。彼女の周りを渦巻《うずま》いていた嫌な感覚も嘘《うそ》みたいに消え失《う》せる。

「都市伝説みたいなやつ？　マンホールから死者の声が聞こえるって？」

「嘘だと思ってるでしょう？」

女性は、男性に食《く》って掛かる。

「いや、君の友人もお疲れなんだなと思ってるだけさ。死んだ人の声なんて、聞こえるわけないだろ。墓場ならまだしも、マンホールからだぞ？」

「私だって変だと思うけど、頼れる人はあなたしかいなくて……。最近、SNSでも頻繁《ひんぱん》に聞くのよ、変な話を」

「んー。そう言えば、俺《おれ》も動画投稿サイトでよく見るな」

男性もまた、訝《いぶか》しげに唸《うな》る。

南美の中では、話の続きが気になる気持ちと、そんな馬鹿なと思う気持ちがぶつかり合い、結局、前者が勝《まさ》ってしまった。

結局、その噂とやらは何かの陰謀論にでも繋《つな》がっているのだろうと結論付け、二人はその場を後にする。昔はインターネットにも真実がたくさんあったらしいけど、今は誰かが作った嘘ばかりだから。

「どうせ嘘なら、小説みたいにためになるものの方がいい」

南美は本探しを再開する。

芥川龍之介《あくたがわりゅうのすけ》、夏目漱石《なつめそうせき》、太宰治《だざいおさむ》……日本の文豪《ぶんごう》の本はほとんど読んでしまった。海外の作品も読んでみようかと海外文学のコーナーに足を向けたその瞬間、南美はハッと息を呑《の》んだ。

ほのかに射し込む夕日を受けながら、一人の少女がたたずんでいた。

先ほどまでは全くと言っていいほど気配を感じなかったのに、少女を目にした瞬間、その圧倒的な存在感に畏怖《いふ》に似た感情すら抱いた。

ちょうど、南美と同年代だろうか。その割には実に落ち着いていて、スッと背筋を伸ばし、大人びた表情をしていた。

艶《つや》やかな黒髪に、長い睫毛《まつげ》。人形のように美しいのに、きりりとした眉《まゆ》と凜々《りり》しい横顔が印象的だった。

今時珍《めずら》しいレトロなセーラー服姿も相俟《あいま》って、本の世界から飛び出してきたように現実味がない。

南美の胸が高鳴る。何だろう、この気持ちは。

南美が自分の感情に動揺していると、ずらりと並ぶ本の背表紙を眺《なが》めていた彼女が、ふと、南美の方を見た。

「あっ……！」

目が合ってしまった南美は、慌てて目をそらそうとする。

しかし、少女はふっと微笑《ほほえ》んだ。

「失敬。キミも海外文学を見たかったのかな」

華奢《きゃしゃ》な身体《からだ》に似合わないハスキーボイスに、南美は脳の奥が痺《しび》れるような感覚を抱いた。

「い、いえ、その……」

南美は、顔が沸騰《ふっとう》するように熱くなるのを感じた。一体どうしてしまったのか、いつも以上に言葉が紡《つむ》げない。

「私はただ、なんとなく――」

「興味を惹《ひ》かれてここに？　それとも、出会いを求めてさまよっていたのかい？」

「出会いを……求めて……！」

南美は、もがくように返答する。

少女に見つめられれば見つめられるほど、南美は彼女を直視できなくなってしまう。

慌てる南美に対して、少女は余裕たっぷりの笑《え》みを湛《たた》える。

「それは僥倖《ぎょうこう》。キミが辿《たど》り着いたのは幻想文学の棚さ。幻想の世界にようこそ」

演技掛かった大袈裟《おおげさ》な仕草《しぐさ》で、少女は南美を棚の前に促す。そんな現実離れした所作《しょさ》も、非現実的な美しさの彼女にはよく似合っていた。

「幻想……文学？」

「広義では、神秘や超自然世界のことを記した文学のことさ。怪奇やホラーの方が一般的かな。日本では、夏目漱石や芥川龍之介なども幻想小説を書いている」

「その二人なら読みました！」

南美は食い気味に叫んだ。

少女が目を丸くしたので、慌てて口を塞《ふさ》ぐ。

「元気でいいね」

「す、すいません……」

「謝ることはない。でも、図書館では静かにした方がいいかな。あと、敬語は使わなくていい。見たところ、キミも高校生のようだし」

同年代だろう、と言った少女は、南美と同じく高校二年生だった。南美よりも、ずっと年上のような振る舞いなのに。

「僕はどちらかというと、大衆向けが好みでね」

少女は少年のような一人称で語りながら、棚に並んでいる本の背表紙を撫でた。

「ホフマンのような硬派な幻想小説も好きだが、ポーのような怪奇小説に夢中になってしまうのさ」

「ポーって江戸川乱歩《えどがわらんぽ》の筆名の元になったっていう……」

「そうだとも。江戸川乱歩が好きならば、ポーも読んでおくといい。推理小説の始祖とも言われているし」

「……推理小説も好きなの？」

南美の問いに、少女は軽く肩を竦《すく》めた。

「嫌いではないが、無粋《ぶすい》だとは思うかな。謎《なぞ》は謎のままの方が美しいというのに、謎のベールを引き剝《は》がしてしまうからさ。僕は、幽霊の正体が枯《か》れ尾花《おばな》だとは知りたくない。幽霊という存在を楽しみたいね」

「そうなんだ……」

推理小説は謎が解《と》けてスッキリするのがいいと思っていたが、そういう考え方もあるのか、と南美は納得する。

「もちろん、殺人事件の犯人はわかって欲しいと思うけどね。だが、殺人事件の犯人が人間やオランウータンというよりも、未知の存在であった方が、興味が惹かれるのさ」

「オランウータンって」

面白いことを言うな、と南美は吹き出す。だが、少女は意味深な笑みを浮かべているだけであった。

「でも、未知の存在が人を殺しているって、ちょっと怖いな……」

「殺される。苦痛を味わわされる。――そんなことが待っているのなら、確かに恐怖かもしれないな」

少女はそう言ってから、「でも」と続けた。

「攫《さら》われる――だったらどうだい？」

「それも怖いよ。何処《どこ》に連れていかれるの？」

「ここではない、何処か遠くへ」

少女の瞳《ひとみ》が、ふと果てしなく遠くを見た気がして、南美はドキッとした。

「キミは、この世界に満足かい？　この世界とは違う場所に行きたいとは思わないのかな？」

「それは……」

この世界から逃げて、別の世界に行ける。

それはひどく魅力的な気がしてしまった。

こんな退屈な世界ではなく、もっと刺激的で、学びをくれる世界が待っているのだろうか。それこそ、本の中のような。

「何処に連れていかれるかわからない。だから、攫われることが怖いと思うんだ。未知は恐怖であり、既知となることで恐怖が克服できる。そういう意味では、推理小説は恐怖の克服でもある」

少女は長い指で、棚からすっとポーの小説を抜き出した。

「でも、ありふれた正体で恐怖を克服したくない。僕は、常識とやらに縛《しば》られたつまらない世界にはウンザリなんだ」

南美の目の前に、ポーの小説が差し出される。南美は恐る恐る、それを手に取った。

「なんか、わかる気がする」

気が付いた時には、そう言っていた。

「私も、こんな世界にはウンザリ。だからずっと、本を読んでるの」

「そうか。だったら、幻想はキミのいい相棒になると思うぞ」

少女は満足そうに微笑むと、踵《きびす》を返した。

「待って！」

南美は慌てて呼び止める。少女は、目を丸くして足を止めた。

「私は石津南美！　あなたの名前は？」

「黒塚《くろづか》。黒塚亜莉沙《ありさ》」

彼女はそう名乗り、小さく手を振りその場を去る。

彼女が立ち去った後でも、ほんのりと残《のこ》り香《が》が漂《ただよ》っていた。谷間の百合《ゆり》のような、気品溢《あふ》れる香りだ。

「亜莉沙……か」

素敵な名前だ。

南美はポーの本をぎゅっと抱《だ》きしめ、しばらくの間、余韻《よいん》に浸《ひた》るようにたたずんでいた。

翌日から、南美はポーの幻想に浸っていた。

黒猫を巡《めぐ》る奇怪な話や、生きながらにして埋葬《まいそう》される恐ろしい話、そして、亜莉沙がいわくありげに笑っていた理由もよくわかった。

学校の休み時間も授業中も夢中になってページをめくり、あっという間に読了してしまった。

海外文学は難しそうだと敬遠していたのを後悔するくらいだ。訳者の文章も美しく、注釈が丁寧《ていねい》でわかりやすかった。

今日も図書館に行って、他の作品も借りてこよう。

南美はそう思いながら、教室移動の授業を終えて、自分の教室に戻ってきた。机の中にしまっておいたポーの小説と早く再会したい一心で、早足になりながら。

だが、自分の席に戻った瞬間、南美は違和感を覚えた。

何かが違う。

嫌な予感がした南美は、机の中を確認する。

教科書やノートは相変わらず、きっちりと揃《そろ》えられたままだった。だが、肝心のものがなかった。

「本がない……！」

南美は机の周りを探すが、ポーの本は見当たらない。ロッカーを見てみるものの、やはり本は見当たらなかった。

「私の本を知らない⁉」

南美は、近くにいたクラスメートを引っ掴《つか》む。クラスメートは驚いたように目を見開き、首をぶんぶんと横に振った。

「誰か！　私の本を見てない⁉」

南美は声を張り上げ、教室にいるクラスメート達に問う。彼らは顔を見合わせ、首を傾《かし》げたり横に振ったりしていた。

一体、何処にいってしまったのか。

教室移動をする直前まで、ここで読んでいたのに。

やっぱり、肌身離さず持っていくべきだったのか。あれは亜莉沙に薦《すす》められた、大切な本なのだから。

「あの……」

遠慮がちに声をかけるクラスメートがいた。南美の近くの席の女子である。

眼鏡《めがね》をかけた地味な少女で、喋《しゃべ》っているのをあまり見たことがない。南美もまた、彼女の名前が曖昧《あいまい》だった。

そんな彼女が、恐る恐る或《あ》る方向を指さす。

「あれって、あなたの本……？」

彼女が指していたのは、教室の一角にあるゴミ箱だった。

南美の血の気が一瞬にして引く。

「どいて！」

眼鏡のクラスメートを押しのけ、ゴミ箱の中を覗《のぞ》き込む。

すると、生徒達が捨てた紙くずに包まれるようにして、南美が借りた本が恨《うら》めしげに天井を見上げていた。

「どうして……」

南美は急いで拾い上げ、本についた埃《ほこり》を払い落とす。

目立った汚れは見当たらないが、本の魂を、そして、亜莉沙との出会いを穢《けが》されたような気がした。

南美は本を抱きながら、周囲をきっと睨《にら》みつける。

息を呑んで様子を見ていたクラスメート達は、南美に気圧《けお》されるようにして目をそらす。

だが、そんな中で、彼女を遠巻きに眺めている一団がいた。

町屋達のグループである。

「まさか……」

日当たりのいい窓際で、彼女達は南美の様子をニヤつきながら眺めていた。町屋に至っては、ゴミでも見るような目である。

「この本を捨てたのは、もしかして……」

言い切る前に、町屋の取り巻きの一人である名前が思い出せない女子がしゃしゃり出てきて言った。

「辛気臭《しんきくさ》い本ばっかり見てるから、余計に陰キャになっちゃうと思ってさ。手放したら、少しは明るくなるかと思って、仕方なくやってあげたわけ」

「この……っ」

南美の足が自然と踏み出る。名前を思い出せない女子がたじろぐと、その前に町屋が立ちはだかった。

「石津さぁ、本ってそんなに大事？」

「大事に決まってる！」

南美は躊躇《ためら》いなく叫んだ。

「でも、現実の方が大事じゃね？」

町屋はにべもなく言った。

「お前はクラスメートなんて関係ないって顔してるけど、ウチらは同じクラスなんだからさ。そんな本なんて読んでないで、もっと絡《から》んだらどうだよ」

「だからって、本を捨てたの？」

「そうしないと顔を上げないと思ってさ」

町屋はしれっとした顔で答えた。

その瞬間、南美の中で何かが音を立てて切れた。

「余計な……ことを……！」

気付いた時には、町屋に摑みかかっていた。

町屋が抵抗し、周囲の女子達が止める中、南美はありったけの怒りを込めて町屋の長い髪を引っ張り、顔をひっかき、止めに入った女子達を力ずくで振り払おうとする。

気付いた時には、南美は体育教師に羽交《はが》い絞《じ》めにされ、足元には顔を押さえて泣いている町屋の姿があった。

南美の親が学校に呼び出された。

生徒指導室にて、担任教師が状況を説明し、親は何度も頭を下げて謝っていた。

「どうして手を上げたの」

親が南美に問う。

「本をゴミ箱に捨てられたから」

南美は素直に答えた。

すると、親は明らかに落胆した。大きな溜息を吐き、理解できないと言わんばかりに首を横に振った。

「どうして、そんなことで」

そんなこと？

南美は冷めた頭が、再びぐつぐつと煮立つのを感じた。

つまらない現実から救い出してくれる本がぞんざいに扱われたことを、亜莉沙との絆《きずな》を穢されたことを、『そんなこと』と言うなんて。

ぎゅっと拳《こぶし》に力が入る。

「町屋さん達は、石津さんと仲良くなりたかったから悪ふざけをしてしまったようなの」

担任教師は、南美を諭《さと》すように告げた。

「石津さんはいつも一人でいるでしょう？　だから、お友達も心配していたのね」

お友達？　誰が？

心配してくれなんて、いつ頼んだ？

南美の腹の底で、どす黒い感情がぐるぐると渦巻く。立ち上がって逃げ出しそうになるのを、必死になって抑えた。

「みんなで仲良くしないと」

担任教師が悲しげに目を伏せ、親もまたそれに同意し、南美に二言三言注意をした。

だが、南美の頭には全く入ってこなかった。どうして、という疑問だけでいっぱいになっていた。

何故《なぜ》、気の合わない人間と仲良くしなくてはいけないのか。

何故、彼女らの蛮行《ばんこう》が許されてしまうのか。善意があれば、何をしても赦《ゆる》されるというのか。そんなの、有難《ありがた》迷惑ではないか。

現実はつまらないのではない。

現実は薄汚《うすぎたな》い泥水のような場所なのだ。

そして、いくら本の中に逃げ込もうとしても、泥水は本を汚《よご》してこちらに迫《せま》ってくる。

親も駄目《だめ》。教師も駄目。やっぱり大人にも、まともな奴なんていない。

この世界はやっぱり、どうしようもなく退屈で理不尽なんだ。

だが、絶望する南美の中に、一つだけ希望があった。

亜莉沙に会いたい。

南美は切に願った。

新たな世界を教えてくれた美しい少女の現実離れした姿を思い出すだけで、南美は泥の中から這《は》い上がれそうな気持ちになれた。


「それは災難だったね」

一緒に帰ろうという親を振り切り、図書館に来た南美を待っていたのは、初めて会った時と変わらぬ姿の亜莉沙であった。

「ポーの本をゴミ箱に捨てるなんて、なんて無粋な連中なんだ」

「ごめんなさい……。本を肌身離さず持っていればよかったのに」

うつむく南美に、亜莉沙はひそやかに微笑む。

「キミが謝ることはない。キミはちゃんと本を見つけて、この図書館の備品を守り通したじゃないか」

いいえ、違うの。守りたかったのはあなたとの絆。

南美は心の中でそう言った。

「それにしても、もう読み終わるなんて大したものだ。楽しかったかい？」

「ええ。翻訳された本って難しいかと思ってたんだけど、あっという間にポーの世界の中に入り込んじゃった」

「それは、原典と訳者がいいからだな。訳者の文章にも個性があってね。合うものもあれば、合わないものもある。僕が紹介した本の訳者が、キミの感性に合ったのならば幸いだ」

亜莉沙は満足そうに笑った。南美もつられて微笑する。

「ポーの本は返却したのかい？」

「うん。また誰かに奪われたくなかったから」

「それが賢明だ。次は家で読むといい」

「家……かぁ」

「気乗りしないようだね」

「本、ずっと読んでいたいから」

そうすれば、つまらない現実を忘れられる。南美は心の中で呟《つぶや》いた。

「そうか。それじゃあ、キミが言うように肌身離さず持っているしかないな。今度は誰にも奪われないように」

「ええ！」

南美は明るく応じた。

図書館の窓から夕陽が射し、亜莉沙の黒髪を赤く染める。彼女は腕時計を確認すると、すっと踵を返した。

「帰るの？」

「我が家は門限に煩《うるさ》くてね。キミは？」

「私も帰る！」

南美は亜莉沙について行く。

亜莉沙はメトロで帰るというので、南美も一緒に帰ることにした。南美はメトロを使うと遠回りになってしまうが、それでも構わないと思った。

一瞬でも多くの時間を、亜莉沙と共有したいから。

「幻想小説が気に入ったのならば、いずれはホフマンの『砂男』でも読むといい。やや難解だが、ポーを一日で読破する熱量があるのなら薦められる」

「どんな話なの？」

「眠らない子どもの目をえぐる怪人にまつわる幻想譚《たん》さ」

子どもの目をえぐるなんて恐ろしいと思った南美であったが、亜莉沙が薦めるのならば素晴らしい話なのだろうと確信していた。

願わくは借りて帰りたかったが、今は亜莉沙について行かなくては。

亜莉沙は長い足でさっさと図書館を後にし、メトロに通じる地下道へと向かった。

南美と亜莉沙の影は、ずいぶんと長くなっていた。空は昼と夜が混じり合った曖昧なものになり、道行く人々もまた長い影を連れている。

「キミはずっと、本を読んでいるのかい？」

メトロへ通じる階段を下りながら、南美が答える。

「うん。クラスメートとはノリが合わなくて。だって、アイドルの話ばっかりだしさ。あんなヘラヘラした人達を追っかけて、なにが楽しいんだか」

「それはいけないな」

亜莉沙はぴしゃりと言った。南美の発言に対してだ。

「アイドルは、人を笑顔にしたり元気にしたりするための偶像《ぐうぞう》という役目を担っている。彼らはその役目を全《まっと》うできるよう、血が滲《にじ》むような努力を重ねた上で、輝かしいオーラと笑顔を身につけたのさ。キミの好みではないのかもしれないけど、心無い非難は見過ごせないな」

「ご、ごめんなさい……」

南美は萎縮《いしゅく》してしまう。亜莉沙に否定されるのは、世界に否定されるくらい辛《つら》かった。

しかし、亜莉沙はすぐに笑顔で振り向いてくれた。

「謝ることはない。ただ、キミがクラスメートの興味があるものに興味がないように、クラスメートもまたキミの本には興味がないのさ」

「あっ、そういう……」

「キミが本を軽視されて不快に思うのと同じように、クラスメートも彼女らの偶像を軽視されたらいい気がしない。お互いに尊重できれば、無用な衝突は避けられるんだろうけどね」

「でも、私はあの人達の前でアイドルを悪く言ったりしてないし……」

「態度に出ることもある」

「ひどいことをされるのは……私に原因があるってこと？」

「そうじゃない」

亜莉沙は即座に否定した。

「更《さら》なるトラブルに巻き込まれないよう、注意をした方がいいというくらいの話さ」

自分が否定されているわけじゃない。

そうわかると、南美は胸を撫で下ろした。

やはり、亜莉沙は凄《すご》い。彼女が言わんとしていることは教師や親の説教よりもわかりやすく、心の隅々《すみずみ》まで染み渡った。

「さっきの『砂男』の話だけど」

南美は話題を切り替える。不快なクラスメートの話なんて、亜莉沙といる時は避けたかった。

「亜莉沙は怖い話が好きなの？」

目をえぐる怪人といい、ポーの怪奇譚といい、亜莉沙は神秘のベールの他に、ほんのりと恐怖の匂《にお》いを漂わせていた。

南美の問いに、亜莉沙は含み笑いを浮かべる。

「ただ目を開けているだけでは見えないものや、ここではない世界の話が好きなのさ」

頭上で、ジジッと蛍光灯《けいこうとう》が呻《うめ》く。その周りには、枯れ葉みたいな蛾《が》が飛び回っていた。

「ここではない世界……？　そんなのがあるの？」

「ああ。世の中のあらゆる場所が、そこに続く坂に通じている」

メトロに通じる階段は、延々と続いている。このままでは、地の底についてしまいそうだ。

階段を下りているのは、南美と亜莉沙の二人っきりだった。誰にも追い越されないし、誰にもすれ違わない。

「ここではない世界に通じる――坂？」

「そう。それは『ヨモツヒラサカ』と呼ばれている」

その響きに、南美はぞっとした。

「聞いたことがある。日本神話に登場する……死者の世界との境界のことだよね」

「いいや。音は同じだが、似て非なるものだ」

亜莉沙いわく、神話にある「黄泉平坂《よもつひらさか》」とは異なり、生者の世界と死者の世界を繋ぐ異界があるという。

「時折聞く、幽霊や物の怪《もののけ》の話。あれはヨモツヒラサカからこちら側に来た者達の目撃譚なのさ」

南美は反射的に、図書館で聞いた男女の会話を思い出す。

亡くなった人の声がマンホールから聞こえるとか言っていたが、死者の世界と繋がる場所があるのなら、有り得ないことではないのだろう。

そう思うと、死者の存在が急に身近なものに感じられ、背筋がうすら寒い感覚に襲われる。

「幽霊や物の怪が、実在するってこと？」

「――そうだと言ったら？」

亜莉沙は意味深に笑う。

階段の下からは生温い風が吹き上げ、南美の髪をぬるりと撫でていく。メトロが真下を走っているのか、それとも、自分が震《ふる》えているのか。足元が小刻みに揺れていた。

「まさか、そんな――」

薄暗い階段の先に、人影が見えた。一つ、もう一つと増えてこちらにふらふらと近づいてくる。

その足取りはおぼつかず、生気《せいき》を感じない。

この世の者ではないと、南美は直感的に思う。

だが、頼りない蛍光灯の光が彼らの正体を明らかにしてくれた。

「はぁ……。今日はなんとか帰れた……。明日もこのくらいの時間に帰れるといいなぁ……」

ぼやきながら階段を上ってきたのは、くたびれたスーツ姿の男性であった。

恐らく、何処かの会社員なのだろう。彼に続いて、疲れ切った大人達がぞろぞろと地上を目指して歩いてくる。

彼らは二人の高校生には目もくれず、すっかり暗くなってしまった地上へと消えていった。

あっという間に過ぎていった、現実世界に溺《おぼ》れた大人達。あとに残されたのは、言葉の続きを待つ亜莉沙と、半笑いの南美だった。

ここではない世界。死者の世界に通じる場所――。

「そんなの、あるわけないよ」

ここではない世界が実在したら嬉《うれ》しいけど、そんな都合のいいものがあるわけないと南美は思っていた。

もしあったとしても、それが死者の世界だとしたら恐ろしい。幽霊や物の怪の類《たぐい》は信じていなかったが、実在したら怖いではないか。

あって欲しいという気持ちと、そんなわけがない、怖いものは嫌という気持ちが複雑にぶつかり合い、南美に曖昧な表情を作らせてしまった。

だが、それを見た亜莉沙からは、いつもの余裕が消え失せていた。

「……そうかい」

亜莉沙はそれだけ言って、足早に階段を下りる。

彼女の顔が見えなくなる瞬間、南美は気付いてしまった。亜莉沙が、ひどく傷ついた顔をしていたことを。

「亜莉沙！」

少し階段を下りれば、すぐに改札口があった。

亜莉沙は定期券を使ってホームへ向かい、南美もまた、ＩＣカードをタッチして彼女を追った。

どうしよう。どうしよう。どうしよう。

南美の心の中は、亜莉沙を傷つけてしまったことへの後悔と、彼女に見放されてしまったのではないかという絶望でいっぱいだった。

南美の世界はもう、亜莉沙なしでは考えられない。早く謝らなくては、と思うものの、亜莉沙の足は速かった。

ホームには誰もいない。

南美と亜莉沙、二人っきりの世界だ。

亜莉沙はホームの端《はし》で立ち止まる。南美は隣に並ぼうと思ったものの、線路を真《ま》っ直《す》ぐ見つめる亜莉沙の横顔が、自分を拒絶しているように思えて仕方がなかった。

南美は、人一人分を空《あ》けて亜莉沙の隣に遠慮がちに並んだ。

早く謝らなくてはと思う反面、謝っただけで赦されるのだろうかという疑問が南美を縛り付けていた。

まさか、あんなに傷ついた顔をするとは思わなかった。大人びた余裕に満ちていた亜莉沙の笑顔を壊すほど、彼女にとってオカルトじみた話が大切だったなんて。

南美は、時刻表と腕時計を確認する。

電車が来るまで、まだ少し時間がある。何としてでも、亜莉沙との関係を修復しなくては。

「狭間列車」

「えっ？」

亜莉沙が唐突に呟いたので、南美は目を丸くした。

「夜の地下鉄でダイヤにない列車が来るそうだ。そいつに乗ると、異界に連れていかれるらしい」

「そう……なんだ」

南美は慎重に相槌《あいづち》を打つ。眼球をえぐる怪人くらい荒唐無稽《こうとうむけい》な話だと思ったが、亜莉沙を否定したくなかった。

「その異界とは、何処のことだろうな。僕は、ヨモツヒラサカに通じると思っているんだが」

「……亜莉沙も、この世界じゃない何処かに行きたいの？」

そう尋ねるので、精いっぱいだった。

しかし、亜莉沙は黙っていた。

南美にとって、その沈黙は苦しい時間だった。口の中に酸《す》っぱいものが込み上げてくる。

亜莉沙に受け入れてもらいたい。でも、否定されてもいい。

何故なら、無視されるのが一番辛いから。彼女の世界に自分がいられないことが、何よりも苦しいから。

「僕は――」

長い沈黙を経て、亜莉沙がぽつりと呟いた。

注意を払っていなければ聞き逃《のが》してしまいそうな、消え入りそうな声だった。

亜莉沙の言葉を一言一句漏《も》らさずに聴こうと耳を傾ける南美であったが、無情にも、ホームに駆《か》け込んできた列車の音でかき消されてしまった。

「亜莉沙……！」

なんて言ったの？　もう一度聞かせて！

続く言葉を紡ぐ前に、亜莉沙は開いた扉《とびら》に吸い込まれてしまう。

早く追わなくては、と南美もまた列車の中に踏み込もうとする。

だが、彼女は違和感に襲われた。

車両の中は異様に臭いのだ。妙な甘ったるさと、じわじわした不快感が南美を襲う。

列車に乗っている人達は皆、うつむいて押し黙っている。現代人にありがちな、スマートフォンを注視していたりワイヤレスイヤホンで音楽を聴いていたりするのではなく、じっと虚空《こくう》を見つめているのだ。

この人達は、生きているのだろうか。

そんな疑問が頭を過《よぎ》る。座っている男の人も女の人も、みんな顔色がマネキンみたいに真っ白だ。虚空を見つめている目はやけに黒く、だらしなく開いた口からは粘液が滴《したた》っている。

南美はとっさに腕時計を見た。

「まだ……次の列車が来る時間じゃない……」

ダイヤにない列車だ。

それじゃあ、これは――。

「亜莉沙、駄目！」

南美は、亜莉沙の背中に手を伸ばす。

だがその手を、摑む者がいた。

「ひっ！」

入り口のそばに座っていた、ビジネスパーソン風の男であった。

手はやけにひんやりしていて固く、蠟人形《ろうにんぎょう》のようだ。それなのに、やけに力強く、南美がどんなに振りほどこうとしてもびくともしなかった。

「離して！」

南美は男の方を睨みつける。すると、彼女に応じるように、男もまたぐるりと南美の方へと顔を向ける。

その顔を見て、南美は絶句《ぜっく》した。

男の両眼があるはずの場所には、何もなかった。虚空となった眼窩《がんか》が南美の顔を覗き込む。

この男は明らかに生きていない。それなのに、万力《まんりき》のように南美を摑んで離さない。

死後硬直、という嫌な単語が頭を過る。

恐れおののく南美に、男がグイッと顔を近づける。その半開きの口からは、ずるりと木の根のごとき触手《しょくしゅ》が這い出した。

「ひいぃぃぃぃっ！」

気付いた時には叫んでいた。恐怖と狂気が混じった、自分でもぞっとするような声で。

南美の身体は屍《しかばね》のような男によって、異様な車内に引きずり込まれそうになる。

そんな彼女の身体を、後ろから抱きすくめる者がいた。

「急急如律令《きゅうきゅうにょりつりょう》！　我が呪《のろ》いにより——解《ほど》けよ！」

凛《りん》とした若い男の声が響く。

刹那《せつな》、清浄なる風が吹き荒れる。風は腐臭めいた臭いも、腕を摑んでいた屍も、異様な車内も、全《すべ》てを吹き消していった。

気付いた時には、南美はホームでぺたんと尻餅《しりもち》をついていた。

そんな彼女の目の前に、ダイヤ通りの列車がやってくる。降りる人も、乗る人も、南美を遠巻きにしながらも不審そうに眺めながら去っていった。

「間に合ったようだな」

頭上から男の声が聞こえて、南美はようやく我に返る。

見上げてみると、そこには黒服の青年がたたずんでいた。整った容姿に愁《うれ》いを帯びた瞳、そして、隙《すき》のないたたずまいを見て、南美はその男がつまらない大人ではないことを悟る。

何処となく亜莉沙に似ている気がする。

そう思った瞬間、南美は辺りを見回した。

「亜莉沙！」

亜莉沙を呼ぶが、返事はない。

ホームには降りたばかりの人達が残っていたものの、その中に亜莉沙の姿はなかった。先ほどの列車に乗って行った人の中にも、彼女の姿はなかった。

右の手首が痛い。屍のような男に摑まれたところだ。

見ると、そこは真っ赤に腫《は》れていた。内出血を起こしているのか、じわじわと紫《むらさき》じみていく。

「……狭間列車、本当に存在してたんだ」

南美が呟くと、青年は眉をひそめた。

「その都市伝説を知っていたのか」

「あなたも？」

南美は弾《はじ》かれたように立ち上がり、青年に摑みかかる。

「何か知ってるんですか⁉ 友達が……大切な人があの列車に乗って、何処かに行ってしまったんです！」

「あれは、人の集合無意識が顕現《けんげん》したものだ。件《くだん》の都市伝説を知る君の認知を元に現れた、呪いの一種とも言える存在だな」

「呪いの……一種？」

数分前までは、呪いと言われても胡散《うさん》臭いとしか思えなかった。

だが、狭間列車を目の当《ま》たりにした南美にとって、オカルトじみた話は現実のものになっていた。

「あなたは、呪いに詳しいんですか……？」

「俺は呪術屋《じゆじゆつや》。呪いを以《もつ》て呪いを解く者」

青年は、九重庵《ここのえいおり》と名乗った。

「呪いって、丑《うし》の刻《こく》参りみたいな……」

「それも呪いの一種だが、俺が扱うのは日常の一つとなっている呪いだ」

「日常の一つ？　呪いが？」

南美は耳を疑う。しかし、九重は極めて冷静に付け足した。

「ごく一般的な言葉を借りれば、『思い込み』や『バイアス』とも言えるだろう。そうあるべき、そうに違いないという見解こそが、認知の歪《ゆが》みを齎《もたら》して現実を覆《おお》い隠す。それが、呪いだ」

思い込みやバイアスならば、南美もよく聞く言葉だ。

「そんなの……何処にでもあるじゃないですか」

「そう、何処にでもある。だから、日常の一つとなっていると言ったんだ。俺は自らの呪いを利用して、それらを正すことを生業《なりわい》としている」

彼の話は俄《にわ》かには信じがたいものであったが、彼の言葉の一つ一つは静かでありながらも力強く、南美の混乱する気持ちの中に、あまりにも自然に入り込んだ。

「あれは……」

狭間列車と九重の話を照らし合わせながら、南美は頭の整理をする。

「狭間列車を知ってる人の前に現れるんですか……？」

「その通りだ。観測者の認知が歪み、彼らと波長が合った時に、お互いが知覚できるようになる」

亜莉沙も南美も、狭間列車のことを知っていた。だから、狭間列車が来たというのか。

「なにそれ……。どういう仕組み……？」

「同じ現実世界を見ていても、その捉《とら》え方は人によって違う。それが、認知の世界の話だ。我々が感じる世界は常に、認知というレンズ越しに観測したものにすぎない」

「色眼鏡で見るっていうのに似てる……」

「良い喩《たと》えだ。個々によって、眼鏡の色も濃度も異なるということだな。そして、特定の色で特定の濃度の色眼鏡を掛けたものが、狭間列車を知覚できるという仕組みだ」

狭間列車が存在すると思い込んでいる者の前に出現する。

それすなわち、九重の言う、呪い――。

九重は異能で南美の認知を正常に戻し、南美の主観から狭間列車の存在を切り離したらしい。南美が狭間列車を感知できなくなっただけで、狭間列車が消えたわけではない。しかし、南美の認知から排除されると、狭間列車は南美に干渉できないそうだ。

難しい話だったが、自分の見えない世界に亜莉沙が連れ去られてしまったかと思うと、胸が潰《つぶ》れそうであった。

「亜莉沙は……何処に……」

南美の問いに、九重は逡巡《しゅんじゅん》するような沈黙の後、静かに答えた。

「わからない」

「そんな……！」

「その行き先を、今、調査している。それで、列車に取り込まれそうになっていた君を見つけた」

「そう……だったんですね」

九重が言うには、亜莉沙のように姿を消した人間が何人かいるらしい。

南美もまた、自分と同年代の女子が行方不明になっていたことを思い出す。彼女も狭間列車に連れていかれてしまったのだろうか。

「私、亜莉沙のことを助けられなかった……」

「だが、君は踏み留《とど》まって時間を稼《かせ》いだ。君の機転がなければ、俺が駆けつける前に列車が君と友人を連れ去り、俺は君の友人の手掛かりを得られなかっただろう」

九重は静かに、やんわりとフォローをしてくれた。表情の少ない青年であったが、心遣《こころづか》いが見て取れる。

しかし、今の南美にとって、その優しさは残酷《ざんこく》なほどに辛かった。

もし、亜莉沙の話を信じていたら。

もし、亜莉沙に謝れていたら。

こんなことにならずに、今も亜莉沙の隣にいられたかもしれなかったのに。

「ううっ……」

嗚咽《おえつ》が漏れ、滴る涙がホームを濡《ぬ》らす。

泣いたってしょうがないことはわかっている。行きずりに出会った人の前で泣くなんて、迷惑でみっともないこともわかっている。

それでも、南美は涙を止められなかった。とめどなく溢れる悔《くや》しさと悲しさに、身を任せるしかなかった。

九重は、南美が泣き止むまでそばにいてくれた。

九重の存在だけが、喪失感《そうしつかん》に苛《さいな》まれる南美を現実に引き留める鎖《くさり》になってくれた。

第二話

地下より呼ぶ声

街で地面に這《は》いつくばっている人を見た。

お金でも落としたんだろうか。それとも、コンタクトレンズ？

どっちにしても可哀想《かわいそう》だし、運がないなと幾人《いくと》は思った。

惨《みじ》めに地べたに這いつくばるしかない不運な彼らを、自分と重ねてしまった。


「ごめん、今日は外《はず》せない用事があるんだ」

開口一番、同僚はそう言って平謝りする。

長谷川《はせがわ》幾人は、この後に続く言葉を知っていた。

「だから、長谷川に任せちゃうことになるけど――」

「……わかった。いいよ」

「本当に？　有《あ》り難《がと》う！　いい奴《やつ》だな！」

同僚の弾《はじ》けんばかりの笑顔と、いい奴と言われることで得られるほんの少しの誇《ほこ》らしさ。それだけが、幾人にとってのわずかな報酬《ほうしゅう》だった。

「今度、埋め合わせをするからさ」

同僚はさっさと自席のパソコンの電源を落とし、人が少なくなったオフィスから風のように立ち去っていく。

あと少しで、自分もそうやって帰宅できたはずなのに、積み重ねられた仕事がそうさせてくれなくなってしまった。

でも、同僚には外せない用事がある。それに対して、自分はそんな用事はない。

幾人は自分に言い聞かせ、そっと席を立つ。

残業は長丁場《ながちようば》になるだろうから、せめて、コンビニでサンドイッチでも買っておこうと思ったのだ。

オフィスを見渡すと、残業をしている人はほとんどいない。

会社が残業撲滅《ぼくめつ》を謳《うた》っているし、何よりも残業代が出ないのだ。

社内規定では、申請すれば残業代がもらえるはずだが、申請したくてもできない空気が社内に漂《ただよ》っていた。

「はぁ……」

幾人は溜息《ためいき》を吐《つ》きながら、喫煙所の前を通り過ぎる。

喫煙者はたびたび席を立ち、喫煙所で歓談をしているが、幾人は喫煙者ではないのでその機会もない。

健康被害が出るからという理由で、タバコの愛好者のみが喫煙所という特権を許されるのは何故《なぜ》、と理不尽を感じつつも、幾人は会社から出てコンビニへと向かう。

空はすっかり黄昏《たそがれ》色に染まり、東の空からは夜が迫《せま》っていた。

疲れ切ったビジネスパーソン達が駅へと向かい、幾人もついて行きそうになる。だが、首を横に振ってなんとか思い留《とど》まった。引き受けてしまった仕事を終わらせるまで、自分にその権利はないのだから。

コンビニの棚では、いつも買っているハムサンドが売り切れになっていた。運がないな、と思いながら、最後の一つとなった少し歪《いびつ》なたまごサンドをレジに持っていく。

くたびれているところが、自分にそっくりだと幾人は感じた。

「らっしゃーせ……」

レジの店員は、覇気《はき》が感じられない青年だった。

「……っすかぁ？」

「えっ？」

「レジ袋いるっすか？」

「……いえ、大丈夫……です」

声が小さくて聞き取り難《にく》いなと思ったものの、幾人の声もまた消え入りそうだった。

いつから、この無気力な店員になったっけ、と記憶の糸をたぐり寄せる。

少し前まで、愛想《あいそ》のいい青年だったはずだ。

派手な赤髪でピアスをいくつもつけて、ヤンキーみたいで怖いと感じたが、話してみると気さくで好感の持てる青年だった。

いつもハムサンドを買う自分のことを覚えてくれていたし、残業の愚痴《ぐち》をぽろりと零《こぼ》したら、「ヤバいっすね。自分のカラダを大事にしてくださいよ」と笑い飛ばしながらも気遣《きづか》ってくれた。

「あの……」

幾人が無気力な店員に声をかけると、店員は目を丸くした。マニュアルにないことをされて面食《めんく》らった様子だった。

「ここで働いていた赤髪の人、もういないんですか？　確か、篠原《しのはら》さんだか、篠田《しのだ》さんだかっていう……」

すると、店員は露骨《ろこつ》に訝《いぶか》しそうな顔をする。

「どうしてそんなこと聞くンすか？　なんか、あいつを探してるとか」

「あっ、いえ、違うんです！　その、派手だったし印象に残ってて……。そう言えば、最近見ないなぁって」

幾人が慌てて弁解すると、店員は少しだけ安堵《あんど》したように見えた。

「ああ、そういうことっすか。篠崎《しのざき》なら辞めましたよ」

「そう……ですか」

不思議な喪失感《そうしつかん》とともに、彼の正確な名字を知る。

「なんか、あいつのことを聞いてくる女の人が何人もいたンすよ。結構ヤバめなのが多くて」

店員は愚痴混じりでそう続けた。

「それって、ストーカー的な……」

「じゃないっすか？　イケメンだったし」

店員は、同情と羨望《せんぼう》が入り混じった表情でぼやく。

言われてみれば、イケメンだった気がする。幾人は容姿の優劣にそこまで興味がなかったので、今更《いまさら》ぼんやりと思い出した。

「それで、辞めたんですかね……」

「どうでしょう。よくわからない奴でしたしね。いい奴だったけど、裏で何やってるかって感じだったし」

「まあ、うーん……」

派手なファッションだったので、そう思う気持ちもわからないでもなかった。

「あーあ。俺《おれ》もイケメンだったら、刺激的な生活を送れたのかなぁ」

「それは……どうでしょうね」

店員が本格的に愚痴を零し始めたので、幾人は愛想笑いを貼《は》りつかせながら早々に退散した。

コンビニを背にそそくさと会社へ向かう幾人の胸には、言いようのない空虚《くうきょ》さが漂っていた。

もう、愛想のいい店員だった篠崎には会えない。

そう思うと、無性に寂しくなった。あの他愛のない会話が、残業の時の、唯一の癒《いや》しだったのだと今更自覚する。

彼は若さに溢《あふ》れた青年だったし、新天地で上手《うま》くやっていることを願おう。ストーカーから逃げるために辞めたのではなく、何処《どこ》かの芸能事務所から声をかけられたから辞めたのだと思おう。

知り合いの幸福を願うことで、自分もわずかな幸福感が得られた。

そのともしびが消えないうちに、残った仕事を片付けようと自分を鼓舞《こぶ》した、その時であった。

「あっ……」

会社に近道しようと思って路地裏に入った幾人は、見つけてしまった。

自分に仕事を押し付けた同僚が、他の同僚とともに飲み屋に入っていくところを。

「外せない用事って、これか……」

全身が一気に脱力するのを感じる。

彼は飲み会に遅れたくないがために、幾人に仕事を押し付けたのだ。

「……仕事、終わらせないと」

飲み屋に入る現場を押さえ、同僚を怒鳴《どな》りつけることもできたはずだ。それなのに、幾人はそうしなかった。

ここで同僚を問いつめたら、同僚と自分の関係は壊れてしまう。社内では、面倒くさい奴というレッテルを貼られ、孤立してしまうだろう。

自分さえ我慢すればいい。

幾人は込み上げる感情をぐっと堪《こら》え、同僚のことは見なかった振りをして回り道をしたのであった。

くたびれたたまごサンドを食べ、積み上げられた仕事をなんとか終わらせた頃には、すっかり深夜になっていた。

もう、会社に残っている人はいない。戸締《とじま》りをして、会社が入っているビルの管理人に全員退社したことを報告する。

「遅くまで大変だね。お疲れさん」

初老の管理人だけが、労《ねぎら》いの言葉をくれた。嬉《うれ》しさと悲しさがないまぜになり涙が出そうになったが、幾人はなんとか堪《た》えた。

「いえ、自分のせいなので……」

断れなかった自分が悪い。

幾人は自分を戒《いまし》めた。

「帰ったら熱い風呂《ふろ》にゆっくり入って、ぐっすり寝なよ」

「はぁ……」

自宅である賃貸の風呂は狭く、屈葬《くっそう》みたいな状態で湯舟に浸《つ》からなくてはいけない。しかも、古いバランス釜《がま》なので火が点《つ》くまで時間がかかるし、冷めるのも早い。

最近は眠りが浅く、ひどい時には一、二時間おきに目が覚めてしまう。

管理人の心遣《こころづか》いのどれも実行できなさそうなことに内心で絶望していると、それに気付いたのか、管理人は心配そうに続けた。

「最近は、おかしくなっちまった人が多いから」

「おかしくなった人……？」

「ほら、世の中が不景気だろう？　近くで飛び降りもあったみたいでね」

「大変……でしたね」

「インターネットなんかでは、変な噂《うわさ》が流れてるんだろう？　あんたも若いから、インターネットを見るんだろうし」

「まあ、多少は……」

もちろん、幾人も、スマートフォンを持っているし、インターネットを活用しているが、最近はあまりニュースをチェックできていない。

通勤時間中は、通勤ラッシュでもみくちゃにされてしまい、スマートフォンを見ることすら叶《かな》わない。帰りの電車ではもう、疲労困憊《こんぱい》でスマートフォンを持つことすらしんどい。

「これは、ここだけの話なんだがね」

管理人が声を潜《ひそ》め、幾人は思わず耳を傾ける。

「このビルに入ってる他の会社でも、行方《ゆくえ》不明者が出たそうなんだ」

「えっ、本当ですか……!?」

幾人はギョッとする。

「行方不明だということは、私も後から知ったんだがね。……その人が失踪《しっそう》する直前に、本人の口から妙なことを聞いたんだよ」

「妙なことって……どんな……」

「――『ヨモツヒラサカが呼んでいる』」

ヨモツヒラサカ。

やけに不穏《ふおん》な響きだと幾人は感じた。

「『黄泉平坂《よもつひらさか》』ってのは、日本神話に出てくるあの世とこの世を繋《つな》ぐ場所だがね。偏見《へんけん》だが、神話にそこまで詳しくなさそうな人だったから、どうも不自然な気がして」

「あの世と……この世……。その行方不明になった人は、ヨモツヒラサカに？」

まさかそんな。

令和の世の中に、そんなオカルトじみた話はナンセンスだ。

「さて、何処へ行ったのやら……。仕事が辛《つら》いから無断で実家に帰ったっていう展開の方が、自分としては有り難いけどね」

「確かに……」

会話はそれで終わり、幾人は管理人にぺこりと頭を下げてビルを後にした。

夜の空気が冷たい。

夜はすっかり更《ふ》けていたが、都会の街中は街灯《がいとう》の光で溢れていて、明るかった。

自分のようにスーツ姿のビジネスパーソンは、ほとんど見かけない。活力に溢れた若者達や、怪しげに蠢《うごめ》くスカウトマンが目立った。

「はぁ……」

口を開けば溜息しか出てこない。

今の状態を親が見たら、何と思うだろうか。

「ヨモツヒラサカ」という単語がやけに気になる。

幾人の母親は、数年前に病気で他界していたからだ。

「黄泉平坂の向こうには、母さんがいるんだろうか……」

何かと世話を焼いてくれた母。大人になったのに親孝行も碌《ろく》にできなかった。あまつさえ、母が危篤《きとく》の時ですら、仕事に追われて実家に戻れなかったなんて。

親不孝者だ。

幾人は自責の念から逃《のが》れるがごとく、足早に駅へ向かおうとした。

その時だ。

やけに柔らかい感触が、幾人の足の裏からしたのは。

「うわっ！」

人だった。

「ごめんなさい！」

幾人はとっさに飛び退《の》き、頭を深々と下げる。どうやら、蹲《うずくま》っている人の手を踏んでしまったらしい。

思いっ切り踏みつけたわけではないし、違和感を覚えた時点ですぐに飛び退いたので、大事には至っていないはずだ。

そう自分に言い聞かせつつ、ドキドキしながら相手の反応を窺《うかが》ったが、蹲って
いる人は、微動だにしなかった。
「あ、あの……、大丈夫ですか？」
自分と同じくらいの、三十歳前後の女性である。周囲の人達が遠巻きにしている
のも構わず、彼女は蹲り続けていた。
「もしかして、具合が悪いとか……」
救急車を呼んだ方がいいかもしれない、と幾人はスマートフォンを取り出そうと
する。
しかし、女性の表情は苦しんでいるようには見えなかった。
彼女はただ、耳をそばだてるようにして這いつくばり、鬼気《きき》迫る表情で地面を睨《にら》
みつけているだけだった。
「マンホール……？」
彼女の視線の先にあったのは、マンホールの蓋《ふた》だった。
「あの……」
とにかく尋常《じんじょう》ではないと思った幾人は、女性に立つように促《うなが》そうと手を伸ば
す。女性が夜の繁華街で這いつくばっているのは、どう考えてもよろしくない。
だが、そんな幾人の手を、女性は物凄《ものすご》い勢いで振り払った。

「邪魔《じゃま》しないで！」

「ひぃ！」

すさまじい剣幕《けんまく》で怒鳴られ、幾人は腰を抜かしそうになる。

「その人、ずっとそんな感じだよ」

コンビニ前でたむろしていた若い男女のグループが、幾人に声をかける。

「そ、そうなんですか……？」

「うん。お兄さんが声をかける前に他の人も声をかけたんだけど、めっちゃ怒られてた」

「そう……」

放っておいた方がいいのかな。

都会にはたまに変わった人もいる。自分のように地方の感覚が抜けない人間は気にしてしまうけど、ほとんどの人が『変わっている』人が見えていないかのように振る舞う。

幾人もまた、他の通行人達に倣《なら》って、女性のことを意識の外にやって帰路についた。

朝になり、幾人はアラームに叩《たた》き起こされて目が覚めた。

駅から少し離れたワンルームのアパートにて、シリアルに牛乳をぶっかけて朝食を済ませ、少し皺《しわ》が寄ったスーツを着て出勤する。

空はどんよりと曇《くも》っていた。

最近は、朝日の眩《まぶ》しさに刺されるような錯覚《さっかく》すら抱《いだ》いていたので、灰色の空くらいが自分にお似合いだと幾人は思った。

「わっ」

アパートから駅に向かう途中で、地面に蹲っている人がいた。

心配になって声をかけようとするものの、既視感が幾人を襲う。

「また、マンホール……」

蹲っているのは中年の男性で、彼の下にはマンホールがあった。まるで聞き耳でも立てるかのように、男性はマンホールの蓋に齧《かじ》りついている。

「大丈夫……ですか？」

幾人は遠慮がちに声をかける。

やはり、返答はない。

「あの……踏まれないようにお気をつけて……」

幾人はぺこりと頭を下げると、そそくさとその場を後にする。男性はやはり、何の反応もせず、ひたすらマンホールに片耳を引っ付けている。

「流行《はや》ってるの……か？」

そんなわけない、と心の中でツッコミを入れる。

駅のホームで電車を待っている時、幾人はスマートフォンに指を滑《すべ》らせる。

SNSで『マンホール　聞き耳』で調べてみると、いくつかの投稿がヒットした。

ほとんどが、幾人のようにマンホールで聞き耳を立てている人を目撃したという投稿であったが、その中に、明らかに異質なものがいくつか見受けられた。

「これ……マンホールに聞き耳を立ててる人達の投稿だ……」

幾人は息を呑《の》み、その投稿をつぶさに眺《なが》める。

――自分を呼ぶ声がしたけど誰もいなくて、空耳だと思ったらマンホールからだった。

――懐《なつ》かしい声が聞こえたから追いかけてみたけど、マンホールの中から聞こえてた。

――三日前、マンホールの中から声が聞こえてくるのに気付いた。優しい声で語りかけてくれる。

そんな投稿者達は決まって、『だからマンホールに聞き耳を立てていた』と綴《つづ》っていた。

幾人が見た人達もまた、声とやらを聴くためにマンホールに齧りついていたのか。

まさか、そんなこと有り得るだろうか。

「怖っ……」

幾人は震《ふる》える。

だが、怖いもの見たさで、マンホールを巡《めぐ》る奇妙な出来事の投稿を漁《あさ》ってしまう。

そうしているうちに、気になる記述を見つけた。

——マンホールの向こうは、ヨモツヒラサカに通じている。

会社が入っているビルの管理人が教えてくれた、気になる単語だ。

マンホールは下水に通じているだけなのに、と幾人は思う。

それに、「黄泉平坂」は読んで字のごとく『坂』であり、穴ではない。

しかし、あの世は地下にあると聞いたこともある。それならば、マンホールの先がヨモツヒラサカに通じていてもおかしくないかもしれない。

「……馬鹿馬鹿《ばか》しい」

どう考えても、現実的ではない。

寝不足で判断力が鈍《にぶ》っているのかと、幾人は自分にがっかりする。

あの世なんて存在しないし、亡くなった人とは二度と会えない。もし会えるのならば、母を看取《みと》れなかったことをこんなに後悔したりしない。

幾人はいつものように満員電車でもみくちゃにされながら、ぐったりした他のビジネスパーソンとともに会社の最寄り駅で吐き出される。

元気な学生達を横目にふらふらと会社に着いたのは、いつも通りの時間だった。

変わらぬ朝、変わらぬ会社の風景。

そう思っていたが、他の社員の視線が痛い。気の毒そうな顔をしている者もいれば、敢《あ》えて無視を決め込もうとしている者もいる。

どうしたんだろうと思いながら自分のデスクへ向かうと、いつもは自分よりも遅く来る上司が、パソコンに齧りつきながら電話していた。

「おはよう御座《ござ》います……。お早いですね……」

幾人が声をかけると、上司はキッと幾人を睨みつけた。

「客先から呼ばれて、朝一で来た。昨日のうちに着いてなくてはいけなかった荷物が、届いていないそうだ」

「えっ……！」

幾人は嫌な予感がする。

思い当たる節《ふし》を調べようとする間もなく、上司が続けた。

「荷物は倉庫にあるから、これから私がハンドキャリーをする。先方に菓子折りを持って、頭を下げるために！」

上司はバタバタとせわしなく資料を片付け、パソコンの電源を切った。

「長谷川、お前も来い！」

「わ、私……ですか？」

「お前が処理ミスした仕事だ！」

仕事の内容を聞き、幾人は思い出した。たまごサンドを食べながら、朦朧《もうろう》とした状態で処理した案件の一つだ。

確か、同僚がやるはずだったものである。

「あれは、頼まれた仕事で……」

「頼まれた？　だが、お前はできるから引き受けたんだろう？」

そうじゃない。断り切れなくて引き受けてしまったんだ。

素直にそう言ったら、上司はなんと言うだろうか。社会人として責任感が足りないと叱責《しっせき》されるだろうか。

「……はい」

幾人は本心をぐっと堪え、力なく頷《うなず》いた。そんな幾人の頼りない腕を、上司は力任せに引っ掴《つか》む。

「行くぞ！　新幹線に間に合わない！」

「は、はい……！」

幾人はよろよろと上司について行く。あまりの事態に、朝食として流し込んだシリアルが逆流しそうだ。

会社から出る直前、幾人は見てしまった。

朝っぱらから喫煙室にこもり、我関せずといった顔で先輩達と話し込んでいる同僚の姿を。


客先で頭を下げ、上司から説教を食らい、午後になって会社に戻った幾人を待っていたのは、山積みの仕事であった。

メールの返信だけで勤務時間が終わり、またもや残業になってしまった。

同僚は素知らぬ顔をして帰り支度《じたく》をする。

お前が押し付けた仕事のせいでひどい目に遭《あ》った。そもそも、お前は飲み会に行きたかっただけじゃないか。

そう言えたらさぞ気持ちいいだろうに、と幾人は思う。

しかし、現実は違う。

あんな仕事でミスをするとは思わなかったと言われたらショックだし、同僚の方が交友関係が広くて先輩や上司にウケがいい。幾人が生意気な口を利《き》いたと吹聴《ふいちょう》されたら、社内での立場も悪くなるかもしれない。

「はぁ……」

結局、全《すべ》て呑み込むしかない。自分が波風を立てるのは嫌だから。

幾人がなんとか仕事を終えたのは、終電間際《まぎわ》であった。

深夜にならなかったのは幸いだ。無意味なタイムカードを打ち、のろのろと会社を後にする。

「俺は何のために生きてるんだろう……」

誰に聞くでもなく、幾人は呟《つぶや》く。

結婚したいとか、マイホームを持ちたいという願望はあるが、必死になって叶えたいというほどでもない。

繁華街では、透明なバッグにアニメキャラクターの缶バッジをびっしりつけた若い女性が目の前を通り過ぎた。

いわゆる、推《お》しバッグというやつだろう。推しがいる女性は目をキラキラさせて、一緒にいる友人と思《おぼ》しき人物と早口で語り合っていた。

「ああいうのが、生きてるって感じだよなぁ」

幾人も、学生時代にアイドルに夢中になったことはあった。だが、今やアイドル達よりも自分の方が年上になってしまい、彼女らに夢を見られなくなってしまった。

何のために生きているのか。

幾人は再び、自分に疑問を投げかける。

その時であった。

「えっ？」

誰かが、幾人の心の声に答えたような気がしたのだ。

ぬらりと、湿り気のある空気が幾人の背筋をなぞる。

幾人は辺りを見回すが、周りの人は誰も幾人のことなんて見ていない。眩《まばゆ》い光を放つ夜の繁華街では、幾人だけが孤立しているようにも感じた。

いや、幾人と同じく、華やかな世界の中でぽつんと孤独に存在するものが目に入った。

「マンホール……？」

道の真ん中に、じっとたたずんでいるようなマンホールの蓋があった。

誰にも振り向かれず、マンホールがあることすら気付かないまま踏みつけられる。そんなマンホールの姿に、幾人は自分を重ねてしまう。

だが、それよりも——。

「……気のせいかな」

マンホールから声が聞こえた気がする。

しかし、それは疲れた自分が聞いた幻聴だということにして、幾人は帰路についた。

その日、幾人は夢を見た。

久しく見ていなかった、亡き母が現れた。

彼女は幾人に微笑《ほほえ》み、手招きをする。それを見た幾人は、ふらふらと母親の後について行く。

母が向かった先は、穴であった。

隣には見慣れた蓋があり、幾人はその穴がマンホールだと気付いた。

母は幾人の手を取ると、マンホールの中へと飛び降りた。

マンホールは延々と続いていて、いつまで経《た》っても落下が終わらない。

そして幾人の身体《からだ》は、母親とともに深淵《しんえん》の闇《やみ》へと消えていった。


「うう……」

奇妙な夢を見た。

朝になって起床した幾人は、夢のことを思い出して咀嚼《そしゃく》する。

どうしてあんな夢を見たんだろう。

疲れていたからか、それとも、マンホールに聞き耳を立てる人達が気になっていたからか。

鼻の奥で、ツンとした異臭を感じる。まだ、夢の中にいるような感じだ。

その感覚を振り払うように、幾人はシリアルに牛乳をぶっかけ、流し込むように朝食をとる。

今日もまた、会社に行って仕事をしなくては。今日は定時に帰れるだろうか。仕事を押し付けられないだろうか。

会社のことを考えるだけで、頭が痛くなる。身体も重くなるし、胃がキリキリしている。

でも休むわけにはいかない。自分がいなかったら誰かが困るだろうし、身体の不調は鍛《きた》え方が足りないからだ。

幾人は自分にそう言い聞かせ、スーツを着て出勤する。

道中、マンホールに這いつくばっている人を見かけた。昨日とは違う人だ。

邪魔だな。

幾人はざわつく胸を抑えながら、心の中でそう呟いた。

その人さえいなければ、自分がマンホールに耳をそばだてたかったのに。

その日、幾人は会社でマンホールのことばかり考えていた。

何故、母とマンホールの夢なんて見たのだろうか。疲れが見せた夢かとも思っていたが、それにしてはあまりにも具体的ではないか。

全く集中できない。

パソコンに表示されているテキストを読むことすらままならなくなった幾人は、気持ちを切り替えるために席を立ち、手洗いに行くことにした。

喫煙所の前を横切ろうとした時、例の同僚が先輩や別の部署の女性達と話しているのを見かける。

早々に通り過ぎようとした幾人であったが、会話が耳に入ってしまい、立ち止まらざるを得なかった。

「今日の飲みは来れるのか?」

「ええ、大丈夫です」

同僚は先輩に愛想よく応じる。

「また、仕事をたくさん溜《た》めてるんじゃないの? この前だって、厄介《やっかい》な案件のことをすっかり忘れてて、ギリギリまで溜めてたって」

女性に小突《こづ》かれると、同僚は軽く笑う。

「あれは平気だった。うちの長谷川が引き受けてくれたからさ」

自分の名前が出てきたことに、幾人は動揺する。厄介な案件とはまさか、上司の怒りを買った一件のことだろうか。

「あのまま俺が持ってたら、俺が上司に怒られてたところだったけど、長谷川のお陰で難を逃れたぜ」

「えー。それって、長谷川さんが可哀想じゃあ……」

「いいんだって」

同僚はへらへらと笑う。

「あいつは何を頼んでも絶対に断らないいし、文句も言わないいんだ。そういう奴を有効に使うことで、人生を豊かにしていくのさ」

喫煙所の扉《とびら》のすき間から、嫌らしいニコチンの臭《にお》いが幾人の鼻先を掠《かす》める。他人を害することに躊躇《ためら》いのない副流煙にまかれ、幾人は吐き気が込み上げてくるのを感じた。

誰にも気にされることなく踏みつけられるマンホール。

幾人はやけにそれらに惹《ひ》かれ、今すぐにそれらの元へと駆《か》けつけたいという衝動に駆られたのであった。

それから幾人は、取り憑《つ》かれたように仕事を終わらせ、退勤時間と同時に逃げるように退社した。

同僚が何かを言おうとしてきたが、無視してしまった。

わざとではない。構う余裕がなかったのだ。

同僚はまた、飲みに行きたいのに仕事が終わっていないから、幾人に押し付けようとしたのだろう。

ということは、押し付ける相手がいなくなった今、同僚は困っているに違いない。

怒っていたらどうしよう。嫌がらせでもされたらどうしよう。

幾人は人生に明確な目標はないが、平穏に生きたかった。厄介ごとをできるだけ避け、苦しみとか悲しみに見舞われたくなかった。ずっとそうしてきたはずなのに何故、今、自分は苦しいのか。

全てを穏便《おんびん》に運ぼうと生きてきたはずなのに。

「頭……痛い……」

額《ひたい》の辺りが、じくじくと膿《う》んでいるみたいに痛かった。

嫌な臭いが染み付いている気がする。鼻の奥をツンと刺激する妙に甘ったるい臭いは、腐臭《ふしゅう》だろうか。

そんな中、声が聞こえた気がした。やけに懐かしい、母の声だ。

そんなわけない、と思うものの、幾人はふらふらと足を向ける。

誘われるように路地裏まで来ると、道路にぽっかりと穴が開いていた。

マンホールの蓋が、開いている。

「こっちへ……」

マンホールの中から、そう聞こえたような気がした。

歩み寄ってみると、生温《なまぬる》い風が吹き上げて、幾人の頬《ほお》を撫《な》でる。硫黄《いおう》の臭気《しゅうき》が鼻を掠めるものの、幾人の足は止まらない。

「こっちへおいで」

間違いない。母の声だ。

マンホールの中からする。ぽっかりと空いた漆黒の闇の中から、母の優しい声が聞こえる。

有り得ない話だ。

亡き母の声が、しかも、マンホールの中から聞こえるなんて。

だが、有り得ない話でもないかもしれない。

マンホールの向こうが下水ではなく、『ヨモツヒラサカ』とやらならば。死者の世界と繋がっているのならば――。

「母……さん？」

いつの間にか、幾人は膝《ひざ》をついてマンホールの中を覗《のぞ》き込もうとしていた。

母の声を聴きたい。

そして、願うことならば謝りたい。

看取れなくてごめん。無理やり有休を取って、実家に戻ればよかったのに。臆病《おくびょう》な自分は、有休を取らせないという会社の空気に従ってしまい、親不孝をしてしまった。

「おいで」

母の誘《いざな》う声が大きくなる。

母は、幾人を自分の元に呼び寄せたがっているのだろうか。

すなわち、死者の国へ。

「それも……ありかもしれないな」

幾人は疲れてしまっていた。

平穏を得るために空気を読み、自分を押し殺す生活はもうたくさんだ。何のために生きて、何処へ向かっているのか、もうわからなくなってしまった。

ヨモツヒラサカに行けば、何かが変わるだろうか。

真っ暗な穴の中に、幾人は希望を見出《みいだ》す。

「母さん……！」

母の誘いに身を任せよう。

そう思って身体を乗り出した瞬間、彼は闇の中に母ではないものを見た。

「えっ……？」

そこに待っていたのは、真っ暗な穴でも母親でもなかった。

闇のごとき黒とタールのような粘度の、辛《かろ》うじて人の形をした何かであった。とても、母親と呼べる代物《しろもの》ではない。

何だ、これは。

幾人の思考が停止する。

全身に怖気《おぞけ》が駆け巡り、ぞわぞわと鳥肌が立つ。直感がこう叫んだ。

逃げろ、と。

その瞬間、目の前の人の形をしたモノが解《ほど》けた。まるで、ロープでもほぐすかのように。

「ひぃっ」

幾人の喉《のど》から引きつった悲鳴が漏《も》れる。

とっさに身体をマンホールから引き離そうとした瞬間、無数のほぐれたモノが触手《しょくしゅ》のように幾人の身体を絡《から》めとった。

「ぎゃあああっ！」

マンホールの中に引きずり込まれる。

喉が張り裂《さ》けんばかりの悲鳴をあげる幾人であったが、彼がいるのは繁華街の路地裏だ。表は人通りが多く、喧騒《けんそう》で悲鳴が掻《か》き消されてしまう。

幾人は、硫黄のような腐臭に包み込まれる。

足をいくら踏ん張っても、ずるずると引きずり込まれてしまう。

誰か助けて、と声にならない悲鳴をあげる。

何処かに行きたいというのは嘘《うそ》だ。

自分はただ逃げたかっただけ。今よりもマシなところで、何もせずに穏便な生活を送りたかっただけだ。

想像を絶する力で引きずられ、幾人の足はとうとう地面から離れてしまう。

この世と繋がるものがなくなり、真っ逆さまに落ちそうになる幾人であったが、その腕を、力強い手が摑んだ。

「急急如律令《きゅうきゅうにょりつりょう》！　我が呪《のろ》いにより——解けよ！」

凜《りん》とした声が硫黄の腐臭を吹き飛ばし、幾人の身体は後方へ跳《と》んだ。

幾人を引き込もうとした異形《いぎょう》は見る見るうちに希薄《きはく》になり、やがて、何の変哲《へんてつ》もないマンホールだけが残されていた。

「危ないところだった」

幾人をマンホールから引き剝《は》がしたのは、若い男だった。

夜の帳《とばり》のような黒衣を身にまとった、物静かそうな人物である。雑然とした路地裏には不似合いなほどに整った容姿と浮世離れした雰囲気が相俟《あいま》って、幾人はまだ自分が夢でも見ているのではないかと思った。

「今のは……なんだったんだ……」

マンホールの蓋は、きっちりと閉まっていた。ついさっきまで、ぽっかりと口を開けていたというのに。

「浮世と常世《とこよ》の境界——ヨモツヒラサカへの道が繋がっていたんだろう」

黒衣の青年は、ポツリとそう言った。

「また、ヨモツヒラサカ……」

「ヨモツヒラサカのことを知っているのか？」

「よく知りませんけど……知人から聞いたり、インターネットで噂を見たりはしてました」

　全身がざわざわする。

　あの異形から伸びてきた触手の感触が、腕や身体に染み付いていた。足が地面から離れた時の浮遊感も、足の裏が色濃く覚えている。

　現実離れした出来事だった。

　だが、あれは現実だ。有り得ないことだが、認めざるを得ない。

　幾人は自然と荒くなった呼吸を、なんとか整える。飲み屋街から漂う焼き鳥の匂《にお》いが、自分を現実に戻してくれた。

「その、状況はよくわからないけど、亡き母の声が聞こえてきたのは、死者の国と繋がっていたからなんでしょうか……」

「あれは、君の母親だったのか？」

　青年に問われ、幾人はハッとした。

　思い出すだけでも怖気が走り、額の辺りが痛くなる。あんなおぞましいもの、母親であるわけがない。

「違います……」

「常世、或《ある》いは死者の世界というのは概念の世界。人の心の映し鏡でもある。君はマンホールから死者が呼ぶ声がするという都市伝説を知り、『その認知でマンホールを観測する』という呪いに掛かった。君が見聞きしたものは、君の認知の歪《ゆが》みが生み出したものでもある」

「俺が……生み出したもの……」

青年は、九重《ここのえ》と名乗った。

彼は呪術屋《じゆじゆつや》という、呪いを解く仕事をしているらしい。

いきなり呪いがどうのと言われた幾人は戸惑《とまど》いを隠せなかったが、九重の話には納得できることもあった。

「俺は……逃げたかった。だから、母親の声であんな幻聴が聞こえたんだ……」

そして、何処かに連れていかれることも心の隅《すみ》で望んでいた。

あれは自分が望んだことが色濃く反映されていたのだと、幾人はやけに冷静に分析する。

自分の身に起こったことを紐解《ひもと》くことで、いつの間にか、頭痛が消えていた。身体も軽く、思考がクリアになっている。

今ならば、母の正しい姿を思い出せる。

「母であれば、自分のところに招くのではなく、背中を押してくれると思うんです」

幾人が向かいたい未来に行けるよう、見送ってくれるに違いない。

そう確信した幾人は、立ち上がってマンホールに背を向け、九重に向かって頭を下げた。

「その、何が何だかさっぱりわからないんですけど、憑き物が落ちた感じがします。有り難う御座います、助けてくれて」

幾人は懐《ふところ》を探って財布を取り出そうとするが、九重の手がそれを制止した。

「気にすることはない。こちらも調査の一環で動いていたからな」

「はぁ……」

何の調査だろう、と思った幾人であったが、九重の言うことを一割程度理解できたかできないかという自分が、事情を聴いても意味がなさそうだと諦《あきら》めた。

ヨモツヒラサカ、マンホールの中にいた異形、そして呪い。

自分の平凡な人生では扱いかねるそれらよりも、大事なことがあった。

「……仕事、押し付けられたら断ろう」

流されるまま生きてきたから、自分の弱さにつけ込まれて怖い目に遭ったのだ。

幾人はそう確信し、九重に何度も頭を下げてその場を立ち去る。

一方、九重は幾人を見送った後、スマートフォンでいずこかへ連絡をしたのであった。

翌日、幾人は同僚に「なんで昨日は早く帰ったんだ？」と聞かれた。

幾人は仕事が終わったから定時で帰ったと伝え、もう、仕事を引き受けないと同僚に宣言した。

同僚は露骨に舌打ちをしたが、それ以上は何事もなかった。

以来、同僚は口を利いてくれなくなってしまったが、仕事を押し付けられることはなくなった。

平穏な日々に波風が立つこともなく、幾人は拍子抜けしていた。

平穏を保つには、小さな勇気も必要だ。同僚のお願いを断る勇気と、厄介ごとを押し付けられて上司に怒られる辛さを天秤《てんびん》に掛けたら、前者を選んだ方がずっといい。

どうしてこんな単純なことに気付かなかったのか。もっと早く気付いていたら、息苦しい日々を過ごさずに済んだかもしれないのに。

コンビニのバイトを辞めた篠崎とは、駅前で偶然再会した。

相変わらず派手な髪色でピアスをたくさんつけていたが、バイトをしていた時よりも顔色が良くなった気がした。

「し、篠崎さん……！」

思わず彼の名を呼んでしまい、篠崎はキョトンとしていた。だが、彼はすぐにピンときたようで、幾人を指さして叫んだ。

「あっ、ハムサンドのお兄サンじゃん。うわー、久しぶりに見たわ」

「ど、どうも、ご無沙汰《ぶさた》してます……」

「相変わらずハムサンド食べてんの？　栄養偏《かたよ》らない？」

「たまに……たまごサンドも食べてます……」

コンビニの店員をやっていないと、彼はタメ口らしい。自分の方が年上なのにな、と幾人は遠い目になる。

それから他愛のない会話を交わし、「元気でね」と篠崎は明るい笑顔で去っていった。彼の若さに目を細めながら、幾人は軽く手を振り返した。

篠崎の隣には、彼に勝《まさ》るとも劣《おと》らない派手な装いのヴィジュアル系みたいな青年がいたので、バンド仲間として誘われたのかもしれない。若い彼が、自分の歩みたい道を進むことができているのなら何よりだ。

「俺も、自分の道を見つけないとな……」

篠崎の若さを浴びた幾人は、自分の前にもまだまだ長い道があることを思い出す。

そして、亡き母に対して胸を張って生きられるように頑張ろうと自分に言い聞かせると、未来への一歩を踏み出したのであった。

第三話

影《かげ》法《ぼう》師《し》

亜莉沙《ありさ》がいなくなってから一週間が経《た》った。

南美《みなみ》は、自室の窓から射す朝日を忌々《いまいま》しげに眺《なが》める。

燦々《さんさん》と射す陽光が煩《わずら》わしくてしょうがない。亜莉沙がいない朝なんて来なくていいのに。

「南美」

扉《とびら》の向こうから母の声がする。

南美の起床時間を見計らって、ここのところ毎日、必ず声をかけてくるのだ。

「今日は学校に行けるの？」

「行かない」

南美は即答して、ベッドの毛布の中に潜《もぐ》った。

「もう一週間じゃない。勉強が遅れちゃうでしょ」

母は明らかに苛立《いらだ》っていた。扉越しでも、露骨《ろこつ》に顔をしかめているのがよくわかる。

「勉強はうちと図書館でやるから」

「見てくれる人はいないじゃない。学校だったら、先生がいるのに」

「お母さんは勉強を見てくれないの？　大人でしょ？」

「お母さんは忙しいのよ」

うんざりした声でそう言うと、母は部屋の前から去っていった。

確かに、南美の家は共働きで、母親はフルタイムでパートをしているし、家事もあるので忙しい。

だが、南美は理由がそれだけではないと思っていた。

「娘にとやかく言うくせに、自分では面倒見ようと思わないんだ……」

生活費のことがあるからパートは最優先だろうけど、簡単な家事だったら南美にもできる。母の手作りの夕飯が、スーパーの弁当になろうとレトルト食品になろうと問題ない。出来合いの食事の盛り付けだけなら、南美が引き受けてもいいくらいだ。

そのつもりなのに、母親は南美に手をかけようとしてくれない。

「結局、母さんは私から逃げてるんだ……。大人って、みんなそう。偉そうなことを言って、責任なんて取らないんだ……」

偉いはずの政治家だって、都合の悪いことは「記憶に御座《ござ》いません」ととぼけてしまう。輝ける星みたいな芸能人だって、裏でこそこそ不倫をしているくらいだ。

大人は子どもに偉そうなことを言うけど、本当は偉くもなんともない。子どもがそのまま、年を取っただけなんだ。

南美は、母親がダイニングに戻ったのを見計らって、ベッドからのそのそと這《は》い出し、足音を忍《しの》ばせながら部屋の外へと出る。

扉が閉ざされたダイニングキッチンから、母親と父親の言い争う声が聞こえてきた。

「南美はまた学校に行かないのか」

父親は溜息《ためいき》混じりに言う。

「そうみたい」

母親もまた、ウンザリしながら答えた。

「みたい――って、他人事《ひとごと》だな。そもそも、本当に南美がそう言ったのか？」

「言ったのよ。きっぱりとね」

「学校で友達に怪我《けが》をさせたそうじゃないか」

不意に父親が出した話題に、南美は嫌悪感を覚える。

友達なんてやめてよ。あんな奴《やつ》ら、友達じゃないのに。

「南美は、そのせいで学校で居辛《いづら》いんじゃないか？　だから、学校に行きたがらないんだ」

父親は南美に聞きもせず、好き勝手なことを言う。

学校に居辛いのは町屋《まちや》に怪我をさせる前からだ。価値観の合わない人間と同じ学《まな》び舎《や》で過ごすことは苦痛だった。

「じゃあ、どうすればいいの」

母親は嘆《なげ》くように父親に問う。

「お前がもっと、南美に寄り添ってやればいいんじゃないか？　お前が話を聞いてやれば、あいつも学校に行けるようになるかもしれないし」

「そうやって、あなたはいつも私に押し付けるのね」

押し付ける。

その一言が、南美の心に突き刺さった。自分の娘のことなのに、どうしてそんなに嫌々なのか。

「あなたは責任を持ちたくないから、子育てのことは全部私に押し付けてるんでしょう。そのくせ、口出しばっかりして。あなたこそ、南美と向き合ってやりなさいよ」

「俺《おれ》は男だし、残業で遅い時や出張でいない時が多い。この前だって、部下が面倒な仕事をたらい回しにして、最後に引き受けた奴がきちんと処理しなかったせいで、朝一で客先に謝罪に行かなきゃならなかったんだぞ！」

「それはあなたの部下の教育不足のせいでしょ。それに、上司のあなたが責任を持つのは当たり前じゃない」

「とにかく、俺は会社のことで手一杯なんだ」

「それを言ったら、私のパート先だって大変よ。若い新人の教育を任されたけど、若い人はこっちの話を聞かないのなんのって……」

南美のことを話し合っていたはずが、いつの間にか、両親の職場の愚痴《ぐち》大会になっていた。

娘のことなんてどうでもいいんだな。

南美は両親に失望し、ダイニングキッチンに背を向けてベッドへと戻ったのであった。

両親が仕事に行くまで、南美はベッドでスマートフォンを眺めているのが習慣になってしまった。

スマートフォンの相手は楽だ。

欲しい情報だけ漁《あさ》れるし、いらない情報はすぐに閉じてしまえる。情報の閲覧《えつらん》だけなら気遣《きづか》いもいらないし、いくらでも情報をくれる。

あれだけ熱心にしていた読書も、ここのところはやっていない。

本の世界に没頭すればするほど、現実のつまらなさや愚《おろ》かさが浮き彫りになってしまうから。

そして、亜莉沙のことを思い出してしまうから――。

「亜莉沙、何処《どこ》へ行ったんだろう……」

読書をしていない時も、彼女のことを思い出さない日はなかった。

狭間《はざま》列車に乗った後、彼女は何処へ連れていかれたのか。

南美が学校を休んでいる理由は、学校が苦痛になってしまったということ以外にもう一つあった。

「南美」

扉の向こうから、母親の声がする。

「お母さんはパートに行ってくるから。朝食とお昼ごはんは、冷蔵庫の中にあるからね」

ここ数日間ですっかりお決まりの台詞《せりふ》になった母の言葉に無言を返すと、母親はさっさと南美の部屋の前から立ち去り、玄関から出ていってしまった。

扉の閉まる音と、鍵《かぎ》が掛かる音が南美の活動開始の合図だ。

「……やっと行ったか」

動画投稿サイトにアップされた動画を流しっ放しにしたスマートフォンを手にしながら、南美はダイニングキッチンへと向かう。

亜莉沙が消えてから、南美は都市伝説系のサイトや動画を漁っていた。

亜莉沙はどうやって『ヨモツヒラサカ』の情報を手に入れたのか。亜莉沙はどんなことを考えて、あの場で自分に話してくれたのか。

南美は亜莉沙の軌跡《きせき》を辿《たど》りたくて仕方がなかった。

そうすることで、彼女の行方《ゆくえ》がわかるかもしれなかったから。

南美は亜莉沙の行方をずっと探っていた。

今日もまた、図書館から最寄りの駅まで、彼女の軌跡を辿りつつ、調べ物をするつもりだ。そのためには、まずは朝食をとらなくては。

「どうも、こんにちはー。『御子柴《みこしば》心霊検証チャンネル』のお時間がやってきました一っ！」

テーブルの上に置いたスマートフォンでは、心霊検証系動画配信者とやらが話をしている。

髪をブリーチした甘い顔立ちの青年であった。世間の基準では確実にイケメンの部類であったが、南美は子どもっぽい大人だとしか思えなかった。

都市伝説を調べている時に動画を自動再生していたら、たまたま彼のチャンネルに行き着いたのである。

しかし、最初こそチャラい男が心霊スポットに突撃するだけの動画かと思ったが、御子柴の検証は丁寧《ていねい》で、軽いノリの割には理知的な理論を展開するので、南美はチャンネル登録をしてしまった。

「今日は視聴者さんから頂いた不思議な話を紹介しまーす。どれも今調査中って感じなんだけど、みんなが興味ありそうだから教えるね」

どうやら、この動画では検証を行わないらしい。視聴者のお便りコーナーみたいな動画かな、と思いながら、南美は聞き流すことにした。

画面の中では、御子柴がタブレット編集で視聴者からのDMを閲覧している。

「やっぱり、視聴者さんからの投稿で一番多いのはこれだよね。――『ヨモツヒラサカ』」

「えっ」

冷蔵庫を開けて朝食を取り出そうとした南美は、手を止める。

「これって、結構、少し前から囁《ささや》かれてる都市伝説だよね。他の配信者さんのチャンネルでもめっちゃ取り上げられてるし。うちのチャンネルも、視聴者さんからの投稿の半分以上がヨモツヒラサカなわけ」

画面の向こうの御子柴は、大袈裟《おおげさ》に目を剝《む》いて驚いてみせる。

「『黄泉平坂《よもつひらさか》』っていう単語自体は、日本神話に登場してるんだ。この世とあの世の境界にある坂のことなんだけど、都市伝説のヨモツヒラサカはちょっと違うっぽいかな」

南美はスマートフォンに齧《かじ》りつき、「うんうん」と何度も頷《うなず》く。

「色んな投稿や都市伝説を見る限りだと、このヨモツヒラサカって、異界みたいな感じなんだよね」

「異界？」

「ここではない何処か――って感じ。境界にある坂っていうより、あの世そのものっていうニュアンスに近いかな」

亜莉沙が言ってたことに、少し似ている気がする。

「なんでも、ヨモツヒラサカに繋《つな》がる扉があちらこちらで開いたから、怪現象が頻《ひん》発《ぱつ》しているっていう話みたい。実際、ヨモツヒラサカの話が囁かれ始めてから、オレのチャンネルに寄せられるＤＭも倍増したってわけ」

ヨモツヒラサカは異界の一種であり、死者の世界ではないかと思われる。

そして、現実の世界との境界が曖昧《あいまい》になる現象が発生しており、死者の世界にいる者達が生者の世界に姿を現して、怪現象が多発しているのではないか。

実際に、そんな記事が掲載されているオカルト雑誌があったという。

詳細はこちら、と御子柴は律義《りちぎ》に実物の雑誌を手にし、視聴者に表紙を見せていた。

「でも、オレは懐疑《かいぎ》的なんだよね」

御子柴は爽《さわ》やかな顔で、さらりと手の平を返す。

「いくらなんでも、タイミング良すぎじゃない？　都市伝説ってまことしやかに囁かれつつ大きくなっていくものなのに、ある時期を境に、いきなり話題になってるわけ。もしかしたら、誰かが何かの仕込みで流した噂《うわさ》なのかもって疑ってる。大企業のプロモーション的なやつだったら、この動画削除されちゃうかも」

御子柴は冗談交じりに笑う。

ひとまず、真実であるというのを前提に調査中とかなんとか話し続けていたが、南美は動画を止めてしまった。

「……プロモーションなんかじゃない」

南美は目の前で見たのだ。

奇怪な列車と、それに乗り込んで消えてしまった友人を。

南美は、軽い見た目に反して現実的すぎる見解を述べた御子柴に苛立ちを覚えながらも、彼が紹介したオカルト雑誌を手に入れようとネット通販を検索する。

だが、どのネットショップも品切れ中だった。

御子柴はチャンネル登録者数が数十万人の配信者である。しかも、熱狂的ファンがついているため、彼が紹介したというだけでその雑誌を購入する人も多いだろう。中には、高額で転売しようとしているものもあり、南美は辟易《へきえき》してしまった。

それでも諦《あきら》め切れず、ＳＮＳで人々の生の声を検索する。

御子柴が紹介したから買おうとしたけど品切れだったというファンの嘆きが多い中、「本屋さんにはあったよ」という投稿もあった。

「そっか……。ネットショップとリアルな本屋さんは違うんだ……」

南美は都心に住んでいることもあり、大型書店にはすぐにアクセスできる。書影《しょえい》をスクリーンショットで保存し、オカルト雑誌を置いていそうな書店を探し始めたのであった。

南美は、勉強道具をバッグに詰め込んで家を出る。

図書館に行くついでに、駅前の書店で件《くだん》の雑誌を購入した。残り一冊だったのと、そろそろ次号が発売されるので店頭から引っ込める予定だったとのことで、いいタイミングであった。

何かに導かれているのだろうか。

そんな心地すらしていた。

「ひとまず、図書館でじっくりと読も――」

南美はそう言いかけて、不意に振り返る。強い気配と、視線を感じたような気がしたのだ。

だが、南美を見ている人は誰もいない。

背後にあった電柱の陰に何かが見えたような気がしたが、気のせいだったようだ。

「変なの……」

もしかしたら、ストレスで感覚がおかしくなっているのかもしれない。実際、亜莉沙がいなくなってからというもの、食が細くなって身体《からだ》が冷えやすくなっていた。

南美はそう思いながら、雑誌とともに図書館に足を踏み入れた。

学校には行きたくないが、それはクラスメートや教師に会いたくないというだけで、勉強が嫌なわけではない。

今やっている勉強が、何処まで将来の役に立つかわからなかったけれど、勉強ができると選択肢も多くなるし、身の周りの愚かな大人のようにはなりたくない。

娘の気持ちと向き合おうともせず、お互いに責任を擦《なす》り付け合っている両親よりも、軽いノリでありながらも話がわかりやすく知的な御子柴の方がよっぽど賢く見えた。

だがそれよりも、まだ成人していないのに大人びていた亜莉沙の方が――。

「亜莉沙……」

南美は、亜莉沙がたたずんでいた海外文学の棚の前に、いつの間にか立っていた。

ミステリアスな彼女のことだ。

何食わぬ顔で戻って来て、「どうしたんだい？　幽霊でも見たような顔をして」と蠱惑《こわく》的に微笑《ほほえ》んでくれるかもしれない。

しかし、この一週間、それが実現した試《ため》しはない。

問題がいつの間にか解決していることを望む自分こそが、一番愚かなのかもしれない。

でも、どんなに亜莉沙のことを調べて、彼女を追おうとしても、南美は亜莉沙の連絡先すら知らないという事実に打ちひしがれる。

彼女との繋がりは、図書館で出会ってポーの小説を薦《すす》められたということしかなかった。

「何処に行ったの……」

自然と声が震《ふる》え、視界が涙で滲《にじ》む。

亜莉沙の制服を頼りに、彼女が通っていると思《おぼ》しき高校にも足を延ばしたことがある。

そこで彼女の足取りを調べると、やはり、行方不明になっているとのことだった。まさに、狭間列車の中に消えた時から、ずっと。

亜莉沙の姿を最後に見たのは、自分なのだろう。

そして、そばにいたのはもう一人――。

「えっ……？」

ひんやりとした空気が、うなじを掠《かす》める。

視界の隅《すみ》に、何かが動いた気がした。

南美はとっさに振り返る。

だが、視線の先にはやはり、何もいない。

「気のせい……だよね」

図書館には他の利用者がいるし、人が通り過ぎることもあるだろう。

だが、妙な感覚があった。空気は異様にべたつき、鼻の奥に不快感が残る。

「変なの」

南美は、いつの間にか流れていた涙を急いで拭《ぬぐ》うと、そそくさと自習スペースに向かったのであった。

勉強の合間に、御子柴が紹介していた雑誌に目を通す。

荒唐無稽《こうとうむけい》なオカルトニュースから、知っている作家のホラー小説の連載など、怖い話や不思議な話が好きな人が幅広く読めるようなものだった。

よく見れば、あの御子柴のインタビュー記事も載っている。彼は動画内で雑誌を紹介することで、まんまと視聴者の興味を惹《ひ》いたのだ。

「プロモーション目的は自分じゃない……」

南美は途中で動画を見るのをやめてしまったが、あの後、インタビュー記事の話もしていたかもしれない。だからこそ、大勢の御子柴のファンが雑誌を買い求めたのだろう。

賢い振る舞いなのかもしれないが、その『大人らしさ』に南美は幻滅してしまう。

だが、読み進めていくうちに、御子柴が参考にしたという記事に行き着いた。

「これだ……！『ヨモツヒラサカを追う』……」

雨宮志朗《あまみやしろう》というライターが書いた記事であった。

ヨモツヒラサカ関連の都市伝説が、都心を中心に広まっているということと、日本神話に登場する「黄泉平坂」が元になっているのではないかということなどが読みやすくまとめられている。

体験談を最初に語った者が日本神話の「黄泉平坂」の名を採用したのは、ヨモツヒラサカが常世《とこよ》——すなわち、概念の世界の話だからではないか、と記事に書かれていた。

記事の中では、南美達が住む物理法則に縛《しば》られている物質的な世界は浮世と呼び、亡くなった人が逝《い》くとされているあの世を常世と呼んでいた。そこは、亡くなって肉体を喪《うしな》った人達だけではなく、神や物《もの》の怪《け》などの物理法則に囚《とら》われず、人々が意味を見出《みいだ》して心の中においている存在が住まう場所だと書かれている。

「それって、認知がどうのっていう話……？」

南美の中で、亜莉沙の次に印象に残っていて、常に頭の中を過《よぎ》る人物がいた。九重《ここのえ》である。

彼は狭間列車から南美を救い出し、あの非現実的で異様な有り様を見ても動じず、南美にはなかなか理解しがたい言葉で説明してくれた。

九重は、ヨモツヒラサカを調査していると言っていた。

動画投稿サイトを見たり雑誌を眺めたりしている南美よりも、ずっと都市伝説の中心にいて、核心に迫《せま》っているはずだ。

九重は、今も調査を続けているのだろう。現に、亜莉沙はまだ戻ってこないのだから。

彼は専門家のようだったし、任せてしまった方が得策だ。何も知らない自分が動いても、彼以上の動きはできないのだから。

「連絡先、聞いておけばよかったな……」

こんな自分でも、できることがあるかもしれない。亜莉沙の学校で彼女の情報を聞き出したように、女子高校生だからこそ怪しまれずに済むこともある。

そこまで考えて、南美は思い上がりだと首を横に振った。

だけど待っているだけというのは辛《つら》い。進捗《しんちょく》を知りたい。南美の焦《あせ》る気持ちが、ヨモツヒラサカを調査しているという九重に向いているだけだ。

「あっ……」

雑誌の内容を目で追っていると、『ヨモツヒラサカに通じている』という話が出てくる都市伝説をまとめて紹介しているページに辿り着いた。

その中に、見覚えがある言葉もある。

「狭間列車……」

メトロのダイヤにない列車がやってくる。その列車に乗ってしまうと、ヨモツヒラサカに連れていかれてしまうという。

「亜莉沙は、この記事を見たのかな」

他にも、マンホールから死者の声が聞こえるとか、その場にいないはずの人が防犯カメラに映るなど、奇妙な話が並んでいた。

そう言えば、ここのところ、地べたに這いつくばっている人をよく見かける気がする。コンタクトレンズや小銭でも落としたのかなと思っていたが、確かに、彼らはマンホールに耳をそばだてていたような気もする。

今思えば、亜莉沙と出会う前に聞いた男女の会話も、それについてだったのかもしれない。

「確かに、変かも。ヨモツヒラサカの話なんて、つい最近聞いたのに……」

それなのに、どうしてヨモツヒラサカ関連の話がやたらとあるのか。

作為的なものを感じる。

御子柴の見解も、あながち外《はず》れではないという気になってきた。

「でも、狭間列車は実在した……。ここにある全部、もしくは一部が本当だとしても、一体誰が……何のために……」

もっと知りたい。

そのためには、九重に会いたい。

彼とどうやって連絡を取ればいいのか。そもそも、彼は実在していたのだろうか。

雰囲気も姿も、やけに現実離れしていた。

彼こそ、ヨモツヒラサカから来たと言われたら信じてしまうかもしれない。

ヒントなんてあるわけないと思いつつも、南美はヨモツヒラサカの記事を隅々まで読み込もうとする。

その時、再び視界の隅で、何かが動いた気がした。

「なに……？」

自習スペースから近い本棚の裏で、黒い影が差したようだった。

しかし、南美が振り返ってみても、そこには誰もおらず、本棚の影だけが落ちていた。

ツンとした異臭がする。妙に甘ったるく、粘《ねば》りつくような臭《にお》いだ。うなじを逆撫《さかな》でされるような感覚と、何かがまとわりつくような感触がいつまでも残っていた。

雨宮の記事の中で、『影法師』という話があった。

電柱や建物などに重なるようにして、人影がついてくるという。

だが、気配と存在感があるだけで、振り返ってもそこには誰もいない。

そして、振り返るだけならばいいが、決して覗《のぞ》き込んではいけない。

覗き込んだら、『ヨモツヒラサカ』に連れていかれてしまうから。

気付いた時には、図書館は閉館間際《まぎわ》になっていた。

勉強を終えた南美は、影法師の都市伝説を頭の中で反芻《はんすう》しながら、図書館を後にした。

SNSで調べてみると、似たような現象に見舞われている人が散見《さんけん》された。「視界に人影がチラつき、それが少しずつ迫っているような気がする」とか、「家の外にいると、ずっと誰かについてこられているような気がする」など。

中には、「今度気配がしたら、覗き込んでみようと思う」と十日ほど前に投稿してから、ずっと更新されていないアカウントなどもあった。

「きっと、連れていかれたんだ……」

覗き込むと連れていかれるというのは、本当なのだろう。狭間列車と同じパターンだ。

そこまで考えて、南美はハッとした。

「狭間列車が本当にヨモツヒラサカに通じているのなら、影法師もきっと……」

都市伝説通り、ヨモツヒラサカに通じているのだろう。

それならば、消えた亜莉沙を探す手掛かりになるかもしれない。

空は、昼と夜の曖昧なグラデーションになっている。浮世と常世の境界である、「黄泉平坂」みたいだなと南美は思った。

すれ違う人は皆、長い影を従えている。南美もまた、ひょろ長い影を引きつれていた。

いつもならば繁華街を通って帰宅するのだが、南美は敢《あ》えて、閑静《かんせい》な住宅街を通ることにする。人の気配が多すぎると、影法師の気配を見逃《みのが》してしまいそうだったから。

「どうして、影法師が現れるんだろう……」

九重の言うように、狭間列車も影法師も、それらの都市伝説を認知した人の前に現れるのだろう。だが、狭間列車は、「メトロのホーム」という場所指定と、「ダイヤ以外」という時間指定がある。

それに対して、影法師は条件がわからない。遭遇《そうぐう》情報は意外と少なく、影法師の都市伝説を知っているというだけではなさそうだ。

「……何か、ストレスを溜《た》めてる人が多いのかも」

影法師と遭遇したと思しき人達のＳＮＳを見ていると、会社の先輩がひどいとか、学校で孤立しているとか、夫のモラハラがひどいとか、気が滅入《めい》るような投稿が目立つ。

みんな、現実に辟易している。だから、ここではない何処かへの道が開かれるのだろうか。

「私もそうだ……」

両親から見放され、学校では孤立して、光を見せてくれた亜莉沙もいない。

それならば、いっそのこと――。

「はっ！」

南美は気配を感じ、振り返った。

すると、曲がり角にチラリと、人影が見えた気がする。

だが、普通の人影ではない。認識した瞬間、視界が歪《ゆが》み、足元がふらついた。むせ返るような異臭に包まれ、全身が粟立《あわだ》つ。

言いようのない不快感に見舞われながらも、南美は光を感じた。

「亜莉沙……？」

あの艶《つや》やかな黒髪が目に入った気がした。気付いた時には、南美は走り出していた。

「待って！」

角を曲がると、その先の電柱の後ろに人影が消えるのを見た。揺らめく長い黒髪が一瞬だけ窺《うかが》えた気がして、南美は息せき切って走る。

もはや、頭の中は真っ白であった。

一刻も早く、亜莉沙に会って、彼女を繋ぎ止めたいと思っていた。

「亜莉沙！」

電柱の後ろを、グイッと覗き込む。

ひどい腐臭《ふしゅう》が立ち込め、鼻の奥まで侵《おか》される。それでも、南美は怯《ひる》まなかった。何故《なぜ》なら南美は、そこにいるのが亜莉沙だと確信していたから。

「あっ……」

だが、現実はそうではなかった。

ひょろりとした長い影が、電柱の陰にたたずんでいた。

柳《やなぎ》のように垂れた髪のようなものは不自然に揺らぎ、手をこまねくように南美の前に立っていた。

南美の全身から、ぶわっと嫌な汗が噴《ふ》き出す。

双眸《そうぼう》と思しき部位はどす黒く塗り潰《つぶ》されており、南美をじっと見つめていた。口《こう》吻《ふん》に当たるであろう部分をもぞもぞと動かし、「それ」は言った。

「遊……ボウ……」

「いや……っ」

異形《いぎょう》の口吻から漏《も》れ出す、凄《すさ》まじい異臭に包まれる。髪のようなものが南美にまとわりつくのと、彼女が悲鳴じみた声をあげるのは、同時だった。

南美の華奢《きゃしゃ》な身体はあっという間に囚われ、影のような異形の口に吸い込まれていく。

「いやだあぁぁっ！」

無力な南美になす術《すべ》はない。

彼女の視界は漆黒《しっこく》に染まったかと思うと、唐突《とうとつ》に歪み、黄昏《たそがれ》の空のような曖昧な色へと変化した。

いや、それだけではない。

視覚とはまた違った感覚で、目の前がチカチカと点滅するのを捉《とら》え、蛋白石《たんぱくせき》の遊《ゆう》色《しょく》のように虹色になる様を脳に直接叩《たた》き込まれる。

南美の上体は、彼女を呑《の》み込んだ異形の体積とは異なる、圧倒的に広い空間に放り込まれ、いくらもがいても両手は虚空《こくう》を薙《な》ぐだけであった。

南美の頭では到底処理し切れない、おおよそ物理法則に従っているとは言えない非現実的な事象をリアルに感じ、南美の自我は情報の渦《うず》の中に呑み込まれてしまいそうになった。

そんな時である。

もはや、目の前にあるものを見ているのか、それとも脳内に注《そそ》ぎ込まれたイメージを見ているのかよくわからなくなってしまった南美の視界に、彼女が最も現実にあって欲しいものが映った。

「亜莉沙……？」

昼か夜か曖昧で薄暗い坂道に、亜莉沙が一人でたたずんでいた。

その坂道は下り坂で、道の先は新月の夜のごとき闇《やみ》に包まれている。

漆黒の闇を背にしても尚《なお》、南美には亜莉沙が輝いているように見えた。闇を照らす満月のようでいて、夜の女王のようだとも南美は思った。

闇を背にした亜莉沙は、南美を見つめて優しく微笑む。会った時と同じ色あせない美しい姿で、彼女は南美にそっと手を差し伸べた。

「待って。今行くから……」

南美もまた、手を差し出そうとする。

まどろみのように、やけに心地がいい。そのまま眠りに落ちて、亜莉沙が背負う闇の中に溶けてしまいそうだ。

だが、南美は亜莉沙の背後の闇に、蠢《うごめ》くものがいるのに気付いた。

「亜莉沙、後ろ！」

狭間列車で南美を取り込もうとした名状しがたき異形達が、下り坂の先にうぞうぞとひしめき合っているではないか。彼らのおぞましき無数の触手《しょくしゅ》が、亜莉沙を今にも捕《と》らえようとしている。

「助けなきゃ……！」

今度こそ、彼女を守らなくては。

南美はまどろみに身を委《ゆだ》ねるのではなく、亜莉沙を助けるために手を伸ばす。

しかし、辛《かろ》うじて現世に留《とど》まっていた南美の下半身までも、この正体不明の亜空間にずるずると引きずり込まれるような感覚に襲われた。

このままでは、亜莉沙もろとも不愉快な異形達の餌食《えじき》となってしまう。

南美の友人を助けたいという勇気が絶望に変わりそうになった瞬間、南美の背後から光が溢《あふ》れた。

陽光のごとき暖かな光が、不明瞭《ふめいりよう》な視界を真っ白に染めていく。

その容赦《ようしゃ》なく、どうしようもないくらい現実的な光は、坂の向こうでひしめき合っていた異形も、亜莉沙も、全《すべ》てを塗り潰していった。


「はっ……！」

気付いた時には、南美は電柱にもたれて座り込んでいた。

慌てて電柱の陰を見やるが、影法師と思われる異形の存在の姿はなかった。空はほとんど夜に染まり、街灯《がいとう》が辺りを点々と照らし始めている。

「戻ってきたか」

「あなたは……！」

夜の静けさによく似た男——九重が南美を見下ろしていた。

南美は光に包まれる時に、彼の力強い声が聞こえたことを思い出す。

「また、助けられたんですね……」

「そうなるな」

九重は表情一つ変えずに、さらりと頷いた。

「まさか、また会えるなんて」

「或《あ》る縁を辿っていたら、君がヨモツヒラサカに引きずり込まれそうになっていた」

「縁？」

「君はオカルト雑誌を持っていないか？」

九重が挙げたのは、まさに南美が買ったばかりのオカルト雑誌であった。

南美がバッグから雑誌を取り出して見せると、九重は眉間《みけん》を揉《も》んだ。

「その雑誌もまた、認知を広げる要因になっている。君が読む前に回収できればと思ったんだが、……遅かったようだ」

九重は、他の人間に内容を教えたり見せたりしないように、と南美に忠告する。

南美はそんな相手がいなかったので、素直に頷いた。

どういうからくりかわからないが、九重は雑誌の行方すらわかるらしい。南美にとって興味深い話であったが、それよりも優先すべきことがあった。

「そうだ……！　亜莉沙が！」

ようやく再会できた最もヨモツヒラサカに近そうな相手に、南美はついさっきの出来事を包み隠さず話す。

異形に呑み込まれた先に薄暗い下り坂があり、そこに行方不明になった亜莉沙がいて、彼女の背後の坂にはおぞましい異形が蠢いていた。

あまりにもリアリティがなく、普通の人が聞いたら夢を見たのか、ひどい妄想《もうそう》に取り憑《つ》かれたと思うだろう。

だが、九重は南美の説明に一つ一つ丁寧に頷き、真剣に耳を傾けてくれた。

こんな風に、大人に自分の話をまともに聞いてもらえるなんて、いつぶりだろう。もしかしたら、初めてかもしれない。

南美の頑《かたく》なな心は、自然と解《と》きほぐされていく。九重は、信用に足る大人かもしれないという確信が生まれつつあった。

「最近になって、唐突にヨモツヒラサカの話題が囁かれるようになったのは本当だ」

九重はまず、若き動画配信者の考察を肯定した。

「だが、二度にわたって体験した君ならばわかるだろうが、プロモーションではない」

「……ですよね。動画のコメント欄に本当のことを書きなぐってこようかな……」

「いや。プロモーション——すなわち、都市伝説がフェイクであるという認知が広まれば、ヨモツヒラサカ関連の怪異との認知のチャンネルが合わなくなり、結果的に、大勢の人間が危険に晒《さら》されなくなる」

「そっか……。怪異があるって認識した人の前に、あいつらは現れるんでしたっけ」

南美もまた、ヨモツヒラサカや狭間列車を一度否定したものの、大切な友人に関《かか》わる話だということもあり、心の何処かでは否定し切れないでいた。

「その動画はむしろ、我々の追い風かもしれないな」

「我々って……、他の人も九重さんみたいな活動を？」

「ああ。次々と現れるヨモツヒラサカの入り口を、虱潰《しらみつぶ》しに消している。拡散の速度が速く、全く追いつけなかったが、動画のお陰で少しは被害が広がるのを防げそうだ」

「そう……ですか」

御子柴の動画のお陰で、亜莉沙のようにいなくなる人が減るのなら幸いだ、と南美は思った。できることならば、亜莉沙にも見て欲しかったのだが。

「亜莉沙はやっぱり、ヨモツヒラサカにいるんでしょうか……」

南美が見た不気味な下り坂は、あの世に通じていると言われてもおかしくなかった。あれこそがヨモツヒラサカなのではないかと、南美は確信していた。

「恐らく」

九重は、異形が隠れていた電柱の陰を見つめながら、静かに頷いた。

「狭間列車に乗り込んだらヨモツヒラサカに連れていかれるという都市伝説の通り、君の友人はヨモツヒラサカにいるのだろう。同じようにヨモツヒラサカに誘《いざな》うという影法師に取り込まれた君が見たのだから、ほぼ間違いはない」

「私はまた、亜莉沙を助けられなかった……」

亜莉沙は手を差し出してくれたのに、南美はそれを摑《つか》めなかった。彼女はあの後、おぞましき異形達に囚われてしまったのだろうか。

悔《くや》しい。

混乱が収まれば収まるほど、後悔の気持ちが膨《ふく》れ上がっていく。

きつく拳《こぶし》を握りしめる南美の目の前に、九重はそっとスマートフォンを差し出した。

「えっ？」

「俺の連絡先だ」

「い、いいんですか？」

画面には携帯番号が表示されている。

まさか、この謎《なぞ》めいた人物に連絡先を教えてもらえるとは思っていなかったので、南美は戸惑《とまど》ってしまった。

「君はヨモツヒラサカで友人と再会した。お互いに強い縁を結んでいるのならば、捜索に役立つはずだ。その力を、俺も借りたい」

「お互いにってことは、亜莉沙も……私に……？」

「強い感情を抱《いだ》いている。それは間違いないだろう」

九重の言葉に、南美は沈んでいた心がパッと明るくなるのを感じた。

今までは、南美が一方的に亜莉沙を意識していると思っていた。何せ、彼女は美人で聡明《そうめい》で、南美なんか眼中にないと思い込んでいたからだ。

そんな亜莉沙が、自分のことを想っていてくれたなんて。

「何としてでも、助けなきゃ……！」

南美は使命感に燃えながら、九重の連絡先を登録する。

南美もまた九重に連絡先を伝え、ヨモツヒラサカ関連で何か動きがあったら報告し合うと約束した。

その後、九重は人気《ひとけ》の多いところまで南美を送り、雑踏の中へと消えてしまった。

南美はその後ろ姿を見送ると、帰路につく。恐ろしい目に遭《あ》ったが、大切な相手が自分のことを想ってくれているという嬉《うれ》しさに、南美はすっかり勇気づけられていた。

母親から「何処にいるの？」「いつ帰ってくるの」というメッセージが届いていたが、どうせ今から帰るからと既読無視をした。

南美は自宅に足を向けつつ、登録数の少ないアドレス帳に新たに追加された九重の連絡先を確認する。

するとその時、南美は気付いてしまった。九重の連絡先の他に、もう一件、登録数が増えていることに。

いつの間にか登録されていたのは、でたらめな電話番号と、文字化《ば》けしたメールアドレスだった。

その登録者名に、南美は目を疑う。

そこに記されていたのは、『亜莉沙』という名前だった。

第四話

映る影

最近、変な奴《やつ》が増えた気がする。

心ここにあらずといった風に、明後日《あさって》の方を見ている人や、よくわからない言葉を呟《つぶや》いている人。最初は、みんな疲れてるのかなと思っていた。

だが、そんな人達が見上げる虚空《こくう》に、ぼんやりと建物が見えた気がした。よくわからない言葉を呟く人の前に、黒くわだかまる影のようなものが窺《うかが》えるような気がする。

自分も疲れているのか。深夜のシフトが多いことだし。

それとも、何かおかしなことが起こっているのだろうか。


やりたいことができたから辞める。

そう言ってコンビニのバイトを辞めた同僚は、やけにスッキリして憑《つ》き物が落ちたような顔をしていた。耳にピアスをいっぱいつけていたし、髪は赤く染めていて派手だったし、ヤバそうな女と付き合いがあったようだし、事件に巻き込まれたけど解決したのかもしれない。

逆に、何らかの事件を隠蔽《いんぺい》していたけど、出頭《しゅっとう》する覚悟でも決まったのかとも思った。何せ、あまりにも吹っ切れていたから。

だが、ネットニュースを見ても、自分が思い描いていたようなことは起こっていなかった。

もし身近で密《ひそ》かに事件が起きていて、その犯人が何食わぬ顔で一緒にバイトをしていたら面白いだろうな、と考えていた。

コンビニのアルバイトをしている青年——金子《かねこ》はそれほどまでに日々の刺激に飢えていた。

同僚が辞めてから、深夜のシフトはワンオペ状態だ。眠らない繁華街が近いので、由々《ゆゆ》しき事態である。

「あれ？」

店の奥から訝《いぶか》しげな声が聞こえた。

どうしたんだろう、と金子はレジからそちらを見やる。

すると、狐《きつね》につままれたような顔をした女性がキョロキョロしていた。

やがて、金子の視線に気付いたのか、女性は恥ずかしそうに縮《ちぢ》こまりながら、足早にレジまでやってきた。

「すいません。店員さんがもう一人いるかと思って」

女性はいつも買ってるスイーツが見当たらないので、在庫を確認したかったのだという。そこで、近くで品出しをしていた店員に声をかけようとしたのだ。

なんてことのない、日常的な風景だ。

因《ちな》みに、女性が買いたがっていたスイーツは、数日前に取り扱いが終わってしまっていた。

「おかしいな、確かにいたのに」

女性はまだ不思議がっていた。

「店に出てるの、自分だけっすよ」

金子は仕方なくそう答えた。

「えー、そうなんですか。お客さんを見間違えたのかな」

女性は首を傾《かし》げながら、似たようなスイーツを買ってコンビニを後にした。

店内には棚が所狭しとあるし、視界の隅《すみ》に映った棚や商品を店員と見間違えることもあるかもしれない。

金子はそう思いながら、客がいなくなった店内を見渡してみた。

「いや……？」

もう一人、客が残っていた。

黒い服を着ているのか、黒い影が店の奥で蠢《うごめ》いている。

だが、金子が目を細めると、棚の陰へと消えてしまった。

「うーん……」

しばらくしても姿を現さなかったので、金子はレジから離れて棚の陰を覗《のぞ》き込む。

しかし、そこには誰もいなかった。

ぬるりとした空気が、金子のうなじをねっとりと撫《な》でる。嫌な感じだ。

金子は思わず、身震《みぶる》いをした。

たいして広くない店内を巡回してみたが、一人として客の姿はなかった。

「見間違え……か？」

本当にそうだろうか。

黒い影は確かに動いていた。

生き物特有の生々しくもランダムな動きだ。棚や商品を見間違えたわけではない。

しかし、何度巡回しても誰もいない。やけに明るい店内放送と自分の足音だけが、がらんとした店の中に響き渡る。

金子は首を傾げながらも、そのままレジへと戻っていった。

金子のシフトが終わるのは明け方だ。

早朝のスタッフと交代し、あくびを噛《か》み殺しながら退勤しようとする。

「あっ、金子さん」

早朝のスタッフ——根岸《ねぎし》が、スタッフルームに向かおうとした金子を呼び止める。

「なんすか?」

「変なことありませんでした?」

「いや、別に……」

妙なことを聞くな、と金子は眉根《まゆね》を寄せる。

「異状がなかったらいいんです。なんか、深夜のコンビニに変な客が来るっていう噂《うわさ》を聞くから」

「はぁ……」

深夜のコンビニに来る客といえば、残業に心をすり減らしたビジネスパーソンか、スウェット姿の地元民か、繁華街に遊びに来た眠らない人達くらいだ。最後に挙げた客は十人十色で、「変な」の集大成ともいえる。

それ以上に変なことはもう、事件だ。

「まあ、知らないならそれでいいと思いますよ。ヨモツヒラサカがどうのってネットではざわついてますけど、そんなのが実在してたらおっかないっていうか」

「なんすか。その、よもつ……なんちゃらって」

「何でもないです。ネットの噂ですよ」

根岸は始終、噂ということを主張しながら退勤する金子を見送った。

金子は腑《ふ》に落ちないまま、制服から着替えてバイト先を後にする。

朝日が出るくらいの時間なのに、空はどんよりと曇《くも》っていた。朝の早いビジネスパーソン達は足を引きずり、憂鬱《ゆううつ》な一日の始まりを暗示しているようだ。

一方、金子の一日は終わり、あとは自宅で眠るだけだ。

特に自宅ですることもなければ、楽しみにしていることもない。

「あ、しまった。酒でも買って帰ればよかった」

金子はそうぼやくと、手近なコンビニに入って強めのアルコール飲料を購入した。

日が昇ったら眠り、日が落ち始めたら起きる。

金子はそんな毎日を繰り返していた。

金子のシフトは夕方から深夜にかけてか、深夜から明け方にかけてだ。

今はまだ若いが、この先、どうするのだろうか。

特に目標もなければ、夢もない。学校を卒業した後の進路に希望はなく、なし崩し的にコンビニのバイトをすることになった。

当初は日中のシフトだったが、深夜の人手が足りないので入って欲しいと頼まれ、あっさりと了承した。こだわりがない金子にとって、日中でも深夜でも変わりがなかったからだ。

きっとこの先も、断る理由がなければ頼まれるままにこの生活が続くのだろう。

昔の一般的な目標は、家庭を築いてマイホームを持つことだったらしいが、今となっては夢のまた夢だ。

子どもを育てるのにはお金がかかるし、マイホームを持つほどの甲斐性《かいしょう》もない。月々の家賃と光熱費を払っていたら、バイト代なんてあっという間に消えてしまう。正社員になって月給のいい仕事に就《つ》けば解決するのかもしれないが、そもそも、家庭を築くこともマイホームを持つことも、特に憧《あこが》れてはいなかった。

燃えるような野心があれば、少しは違うのだろう。

しかし、金子にその気力も興味もなかった。

この先も同じような人生を歩むのだろうか。日々の出来事に心を動かされず、灰色の世界でぼんやりしているような人生を。

「刺激的なことが起きれば、ちょっとは違うのかもしれないな……」

その日も、いつもと変わらない職場の、いつもと変わらないシフトで、金子はレジに入っていた。

品出しや商品のチェック、トイレの清掃などは済ませてしまったので、あとは辛《しん》抱《ぼう》強くレジに立つしかない。

辞めてしまった同僚はお喋《しゃべ》りだったので、彼がいる時はあまり暇を持て余さなかったのだが、一人でいると暇な時間が長く感じた。店の奥にある時計の秒針が、いつもよりゆっくり回っているような気すらする。

いっそのこと、ヤンキーでも乗り込んで来ないだろうか。

店や商品を破壊されては困るが、騒いだり凄《すご》んだりするくらいならいい刺激になるかもしれない。

金子がそんな荒唐《こうとう》無稽《むけい》なことを考えていると、来店のメロディとともに入り口の自動ドアが開いた。

「らーっしゃせー……」

無気力な「いらっしゃいませ」をくれてやった相手は、不審な男だった。

よく見るファストファッションであったが、ボタンが掛け違えられていたり、ズボンが下がっていたりしてひどく着崩れていて、髪はぼさぼさで手入れをしていないようだ。

そのくせ、目だけはギラギラしていて、大きく見開いた双眸《そうぼう》をギョロつかせていた。

得体の知れない客に対する恐怖を、金子は感じた。

何をしてくるか予想がつくヤンキーの方がマシだ。

「……して、坂の……たそがれの街のひょろ長い影の住民……壁……声の方へ」

男は支離滅裂《しりめつれつ》な言葉をブツブツと呟いていた。

耳を澄ませてみても、辛《かろ》うじて聞き取れるのはそれだけだ。あとは、意味を成さない音になっている。

どうしたものか。

金子はそっと目をそらそうとした。

刺激は欲しいが、危害を加えられては敵《かな》わない。この手の相手に常識は通じないので、無害なのか有害かすらわからなかった。

「うぅ……ァ」

金子が目をそらすと同時に、男はぐるりと金子の方を向いた。

金子は男を視界に入れていないというのに、見開いた瞳《ひとみ》が金子を映しているのがわかる。

絡《から》みつくような視線。その感覚に、金子は全身に悪寒《おかん》が走るのを感じた。

「アァ……壁、壁を取り払って……」

ざり……ざり、と男は金子に詰め寄る。

金子は気付かない振りをして、レジから出てスタッフルームに逃げ込むつもりだった。

目を合わせなければ大丈夫。しかし、目を合わせたら終わりだ。

相手は自分が認知されていると気付いたら、更《さら》に奥へ踏み込んでこようとするはずだから。

だが、金子の見解は誤りであった。

「壁を！　壁をォ！」

「ひぃぃっ！」

男は金子に飛びつくと、腕を遠慮なく引っ掴《つか》んだ。生身の人間に対する気遣《きづか》いというものが到底感じられない相手の力に、金子の腕がミシリと軋《きし》む。

「早く遠ざからないうちに早く！　坂の向こうにあるたそがれの荒涼たる楽園に！永久の住民となるべく壁を取り払わなければ未来永劫《えいごう》迷い子となって！」

男は口の端《はし》から泡を飛ばしながら、金子に何やら支離滅裂な言動で訴える。

今にも噛みつかんばかりの勢いの相手に、金子は悲鳴に近い声で叫んだ。

「ト、トイレなら奥にありますから！　ご自由にどうぞ！」

とっさに、店内の奥にあるトイレの扉《とびら》を指さす。

男が酔っ払っているのなら、吐いてしまえば楽になるかもしれないと思ったのだ。

金子に促《うなが》されるように奥へ顔を向けた男は、ぎょろぎょろと互い違いに目を動かしながら、何やら口の中で呟いたかと思うと、獣《けもの》のように背中を丸めながら、のそのそと奥へ向かい、吸い込まれるように個室に入っていった。

バタン、とトイレの個室の扉が閉ざされる。

それと同時に、金子はへなへなとその場にへたり込んだ。

「なんだったんだ……」

本当に、そんな感想しか思い浮かばなかった。

前後不覚になるほど酔っ払った客も見てきたし、どう見ても堅気ではない人達が買い物をしに来たこともあったので、変な客は見慣れていたはずだった。

それにしても、先ほどの客は異様だった。

金子は痛む腕をさする。あまりにも強い力で握られたせいか、内出血を起こしてじわじわと赤黒くなっていた。

「クスリでもやってなきゃいいけど……」

扉が閉ざされた個室は、しんと静まり返っていた。

あれだけ騒いでいた男の声は聞こえず、物音すらしてこない。

個室の中で眠っているのだろうか。

金子が気を揉《も》んでいると、よく見るヤンキータイプの客が入店する。

「すいませーん、タバコ」

客は、慣れた様子でタバコの品番を金子に伝える。

日常を取り戻した瞬間だった。

金子は指定されたタバコを客に渡し、客は電子決済で会計を済ませて去っていく。いつもと変わらぬ、何百回も繰り返された光景であった。

それから、小腹が空《す》いたからやってきたであろう近隣住民がスナックを買い、夜勤を終えたと思《おぼ》しき人が弁当を買っていき、そこそこの客足とそこそこの忙しさが金子に訪れる。

気付いた時には、自分のシフトの終わりが見えてくる時間帯だった。

「そう言えば、あの男の人はどうしたんだ？」

個室に入ったのを見送って以来、異様な男の姿を見ていない。

金子が忙しくしている時に、個室から出て店を後にしたのだろうか。あのままの状態ならば目立つが、我を取り戻して大人しくなったのならば、他の客と紛《まぎ》れてもわからないだろう。

金子は念のため、トイレの個室の扉をノックする。

しかし、返事はない。

「失礼しまーす……」

ドアノブを捻《ひね》ると、鍵《かぎ》は掛かっていなかった。

扉を開けた瞬間、むっとした空気が金子を包み込む。トイレ独特の臭いに混じって、生臭《なまぐさ》さが制服にまとわりついた。

「いない……」

トイレの中には、誰もいなかった。

やはり、我を取り戻して他の客とともに店を出たのだろうか。

それにしても、トイレの中に違和感を覚える。

トイレの中は、自分が清掃をした後と変わらぬ様子であった。汚れもなければ、トイレットペーパーが使われた形跡もない。

まるで、誰も入っていなかったかのように――。

「……俺《おれ》の夢だったのか？」

そんな馬鹿《ばか》な、とは思う。

しかし、男が幻《まぼろし》であったのかと思うほど、その痕跡《こんせき》が見当たらないのだ。

やがて、金子と交代の根岸が売り場に顔を出した。シフト交代の時間だ。

「お疲れさまー……って、どうしたんですか⁉」

根岸が金子を見てギョッとする。

「えっ、何が？」

「いや、顔色が悪すぎて……。まさか、寝不足ですか？」

「別に……そういうわけじゃあ……」

「夜勤は大変ですしね。帰宅したらぐっすり寝てくださいよ」

根岸は、労《いたわ》るように金子を見送る。

睡眠ならばちゃんととったはずだ。そもそも、寝ること以外に自宅ですることはないのだから。

「それにしても、あの客はいつ帰ったんだろう……」

スタッフルームに入っても、金子は異様な男のことを考えていた。彼の存在が夢だったかもしれないという疑念を捨て切れておらず、現実のものだと確信するために防犯カメラの映像をチェックする。

録画された映像を見てみると、男は確かにいた。

会話こそ入っていないが、金子の腕を掴み何かを喚《わめ》き散らしている。男の動きは人のそれとは違い獣のように原始的で、人の姿をしているのが不自然なくらいであった。

「トイレには入ってるんだけどな……」

映像で、男が個室に入ったことを確認する。

それから早送りすると、金子がタバコを買いに来た客の応対をし、更に次々と来店する客を機械的にさばいていく姿が映し出されていた。

だが、個室の扉は開かない。

「長いな……」

体調不良で長時間使っていたとか、そういうレベルではない。中で仮眠でもとっているのかと思うくらいだ。

よく見てみると、個室を使おうとしてノックをしたりドアノブを捻ったりしている客もいた。しかし、内側から鍵が掛かっているためか、中に人がいると悟って立ち去る客ばかりだった。

金子は食い入るように映像を見つめていた。

映像の中の金子がそろそろ訝しんで個室の確認をする頃だろうというタイミングで、個室の扉が開いた。

「ああ、丁度《ちょうど》入れ違いになったのか」

金子は納得する。

だが、開かれた扉から飛び出したものにギョッとした。

「ヒエッ！」

思わず短い悲鳴を漏《も》らし、飛び退《の》いてしまう。

個室から出てきたのは、黒い影だった。

そんなことも露《つゆ》知らず、映像の中の金子は訝しげに首を傾げながら、個室をノックし、扉を開く。

鍵は掛かっておらず、すんなりと開いた。中の男が――いや、何かが、鍵を開けて外に出たからだ。

「……気持ち悪」

金子はそう呻《うめ》いた。

映像の中の金子もまた、個室の中を覗き込んでよろめく。

それを切っ掛けに、金子自身の様子もおかしくなった。

顔はよく見えないが生気《せいき》はなく、足取りはふらふらしていて、今にも倒れそうであった。金子自身、そんなにふらついていると自覚していなかったので、客観的に映像を見て息を呑《の》む。

確かに、根岸が驚くわけだ。

金子は自分が目にしたものをどうしたらいいかわからず、戸惑《とまど》いながらも防犯カメラの映像をスマートフォンで録画した。

二度目の閲覧《えつらん》でも、正体不明の黒い影がしっかりと映っていた。背中を丸めつつすみやかに個室に向かった男と、全く同じシルエットであった。

「はぁ……」

映像を一通り録画した金子は、スマートフォンをしまって制服を脱ごうとする。

背中には、べったりと汗が滲《にじ》んでいた。

今も尚《なお》、嫌な汗が身体《からだ》から染み出ている。今すぐに気味が悪い店内から立ち去りたかった。

ロッカーを開けた金子であったが、思わず悲鳴をあげそうになる。

ロッカーの扉の裏にある鏡には、金子の顔が映っていた。

その顔は血の気が失《う》せて白く、目は落ちくぼんでおり、死人のようにやつれていたのであった。

帰宅した金子は、コンビニ弁当を食べながらスマートフォンを弄《いじ》っていた。SNSで、「コンビニ」「防犯カメラ」「黒い影」あたりのキーワードを入れて検索してみる。

すると、驚いたことに似たような現象に見舞われている人達がいた。

中には、自宅の防犯カメラに黒い影が映ったという証言もあった。朝の通勤通学の時間帯に、家の前をぼんやりとした黒い影が過《よぎ》ったという。

それも、防犯カメラの端に一瞬だけとかではなく、防犯カメラの真正面を横切ったのだ。

金子はいつの間にか箸《はし》を止め、類似の証言を漁《あさ》るように探していた。

そうしているうちに、動画投稿サイトに辿《たど》り着いていた。いつの間にかリンクを踏んでいたらしい。

動画投稿サイトには、心霊系の動画が数多く投稿されていた。

金子は驚愕《きょうがく》する。世の中には、こんなにも心霊系の動画を配信する人間がいるのかと。

いや、それ以前に、自分の体験がそういったジャンルにカテゴライズされるということに。

「心霊……。あれは、霊だったのか？」

金子は幽霊を信じていなかった。見たことも感じたこともなく、いわゆる霊感と呼ばれるものを持ち合わせていなかったのだ。

それに、防犯カメラの録画に映っていた黒い影は、幽霊というにはあまりにも存在がハッキリしていた。

影は半透明だし輪郭も曖昧《あいまい》だったが、その動きはあまりにも生々しく、存在が明確であった。

「……よし」

金子は、流行《はや》りに乗って作ったものの投稿するものがなくて放置していたSNSのアカウントにログインする。そして、「防犯カメラに変な影が映ってるんだけど」というコメントとともに、自分が撮った防犯カメラの映像をアップロードしてみた。

すると、十分もしないうちに拡散され、次々と反応があった。金子のアカウントはフォロワーが無に等しいので、キーワード検索から来たのかもしれない。

リプライもいくつかぶら下がっていた。

「やばい」とか「何これ」という驚愕混じりのメッセージがほとんどであったが、「見てはいけないものが映っている。危険だから消した方がいい」という不穏《ふおん》な警告も混じっていた。

「見てはいけないものなのか？　これが……」

金子は自分がアップロードした映像を見返す。

だが、背筋を逆撫《さかな》でされるような錯覚《さっかく》に囚《とら》われ、思わず目をそらしてしまった。

映像は、最後まで見届けられなかった。

金子は気を取り直し、リプライを追う。

黒い影の正体がわからない。霊だったとしたらお祓《はら》いにでも行った方がいいのだろうか。見てはいけないものだったとしたら、どうすればいいのか。

何らかの答えが欲しかった。

自分では答えが導けないので、誰かに教えてもらいたかった。

そんな中、金子は際立って目立つリプライを見つける。異様なまでに「いいね」をされた上に、何人かが拡散しているそのメッセージには――。

「ヨモツヒラサカに行った人なのでは？」

金子が音読した瞬間、全身が悪寒に貫《つらぬ》かれるような感覚に陥《おちい》る。

ヨモツヒラサカ。それは、根岸が口にした単語だ。

たった一度口にしただけだというのに、部屋全体にむっとした湿気が広がり、生臭い空気がまとわりつく。男が入ったトイレの個室に残っていた臭いだ。

「ヨモツヒラサカに行ってしまったから現世の人の目に映らなくなった」とか、

「個室は境界の一種だから入り口になったのだろうか」とか、金子の投稿のリプライ欄で、見ず知らずの人間達が議論を始める。

「くそっ……。何なんだよそれ。俺のわからない非日常の話をしないでくれ……！」

壁を取り払う。

コンビニに来た男はそんなことを呟いていたような気がする。

金子にとって、非日常と自分の間には大きな隔《へだ》たりがある。それを壁と表現したのなら、言い得て妙だろう。

この場合は、ヨモツヒラサカとやらを知っている人と、知らない自分だ。非日常は自分と壁を隔てた向こう側にあり、平凡な自分にとって壁の向こうの世界は理解が及ばない。

金子はスマートフォンを放り出し、残っていた弁当を急いで口の中に掻《か》き込んだ。

目の前で互いにマウントを取るかのように繰り広げられる非日常の議論から、目を背《そむ》けるために。

ヨモツヒラサカとはなんだ。

金子は、インターネットで貪《むさぼ》るように調べた。

まずヒットしたのは、日本神話の「黄泉平坂《よもつひらさか》」であった。どうやら、この世とあの世の境にある坂のことらしい。

金子は日本神話に明るくなかったので、そんなものがあったのかと目を丸くした。

だが、最近話題になっているヨモツヒラサカは、日本神話のそれとは異なるようだ。この世とあの世の境にあるようだが、坂ではなく異界——ここではない何処《どこ》かのことらしい。

異界。

その響きに、金子はひどく惹《ひ》かれていた。

普段ならば、夢見がちな絵空事《えそらごと》だと思うことだろう。

しかし、金子は実際に、異様な男の異常な行動を目撃していた。

どうにも説明できない事象。それも、この世界の常識が通じない異界とやらが関《かか》わっているのならば、納得ができる。

リプライにあったように、店に来た男はヨモツヒラサカとやらに行ったのだろうか。

ヨモツヒラサカとはどんな世界なのか。この世界よりも、退屈《たいくつ》しない世界なのだか。

ろうか。

気付いた時には、金子は外出していた。

ヨモツヒラサカの痕跡を探すように、代わり映えがしない街の風景を見回す。ビルがせめぎ合い、人がごった返す繁華街。その中に、ふと、黒い影が見えた気がした。

うっすらと背景が透けて見える、輪郭が曖昧だが確実に存在している人影だ。それは他の人間よりも幾分か素早く、獣のような姿勢で、人込みに紛れて何処かへと消えていった。

「待て！」

金子は影を追う。

その先にあるビル街には、高いビルがずらりと並んでいる。そのビルに重なるように、ぼんやりとした影が浮かんでいた。

目が霞《かす》んでいるのか、それとも焦点《しょうてん》が定まらず二重に見えるのかと思った金子であったが、目を凝《こ》らして見ると、そうではないことがわかった。

「建物が……重なっている？」

金子が追っていた人影と同じように曖昧な存在が、ビルと重なっていた。似たような建物であったが、ところどころが歪《いびつ》で、見続けていると胸が悪くなるのを感じる。

　それでも、金子は目が離せなかった。未知なる世界を目《ま》の当たりにして、恐怖よりも好奇心の方が勝《まさ》っていた。

「なんだ……あれ」

　通行人は誰も気付いていない。いつもと変わらぬ様子で、みんな、自分や一緒にいる相手、スマートフォンばかり気にしていて、街の様子なんて見ていない。

　だが、そんな通行人の中にも、黒い人影がちらほらと窺えた。

　一人、また一人と、見つけるたびに増えていっている気がする。

　ビルもそうだ。隣のビルも、そのまた隣のビルにも、歪な建物が重なっていた。

「ううう……」

　金子は呻く。

　正体不明なもの達の曖昧だった輪郭が、見れば見るほど鮮明になっていく。黒い人影なんて、触れたら感触がありそうなほどに生々しい。それどころか、知らん顔をしている通行人の存在が希薄《きはく》になり、曖昧になっていく。

　どれが現実で、どれが非現実なのか。

　自分は目を覚ましているのか夢を見ているのか、それとも知らない世界に立っているのかすらわからなくなってきた。

昼間のはずなのに、空も曖昧な色になっていた。

日が沈んだ後の黄昏《たそがれ》の空によく似ているが、オレンジと紫《むらさき》が奇妙に混ざり合って不快な波紋《はもん》を生み出し、金子の不安と恐怖を煽《あお》った。

通行人の流れに乗っていた黒い人影が、ふと、足を止める。

「えっ……」

辺りに蠢いていた黒い人影は、一斉《いっせい》に金子の方に足を向けたかと思うと、ぞろぞろと足並みを揃《そろ》えて向かってきた。希薄になった通行人をすり抜け、真《ま》っ直《す》ぐと。

「ひっ」

引きつった声をあげる金子であったが、恐怖だけではなく、奇妙な懐《なつ》かしさも覚えていた。

自分の居場所は、そこにあるかのような――。

「失礼！」

急に男の声が弾《はじ》けた。

金子が驚いていると、右頬《みぎほお》に小気味のいい音と痛みが走る。

「あっ、ひえっ？」

金子は間の抜けた声をあげながら、そちらを振り向いた。

すると、若い男が金子の胸ぐらを引っ摑んで右手を上げていた。平手打ちをされたのだと、一拍遅れて気付く。

「な、なにをするんだ！」

「原始的な刺激で現世に戻しました。……いや、虫が止まっていたと誤魔化《ごまか》せばよかったか？」

後半は、男の独り言のようだ。彼は目を白黒させている金子の前でスマートフォンを操作し、誰かを呼ぶ。

ヤバい人間かもしれない。

逃げようとする金子であったが、男は真面目《まじめ》なインドア派の見た目をしているくせに力が強く、胸ぐらを摑んだ手を振りほどくことはできなかった。

そうしているうちに、二重に見えていた建物も、こちらに向かっていた黒い影も、急速に存在が薄れてしまう。安心すべき状況であるにもかかわらず、金子は異様に悲しかった。

ほどなくして、黒衣をまとった青年が現れる。

彼はフィクションで見たような仕草《しぐさ》で印を切り、こう叫んだ。

「急急如律令《きゅうきゅうにょりつりょう》！　我が呪《のろ》いにより——解《ほど》けよ！」

ゴッと一陣の向かい風が吹く。

金子の胸に宿った悲しみや不安、そして、不快感を全《すべ》て吹き飛ばすかのような、あまりにも爽《さわ》やかな風だった。

「へ……？」

金子はへなへなとその場にへたり込んだ。摑まれていた胸ぐらは、いつの間にか放されていた。

黒い人影は、もう見えない。ビルはいつもと同じ姿でたたずみ、異様な影をまとうことはなかった。

「何が……起こったんだ？」

「君は近づきすぎた。後戻りできないほどの呪いに掛かる前に、君の認知を戻して呪いを解いた」

黒衣の青年は、淡々とそう言った。

金子の胸ぐらを摑んでいた男は、雨宮《あまみや》と名乗る。どうやら、ライターをしているらしい。

黒衣の青年の名は、九重《ここのえ》といった。こちらは呪術屋《じゆじゆつや》という仕事をしているらしいが、呪いとか呪術とか、あまりにも飛躍した話だったので金子はついていけなかった。

「ヨモツヒラサカの記事を読みましたか？」

雨宮は、単刀直入《たんとうちよくにゆう》に金子に問う。

「記事？　さあ……？　ネットで情報を集めただけっすけど……」

金子が答えると、雨宮と九重は顔を見合わせた。

「やはり、ネットの拡散が最も深刻なようですね」

「データの複製は容易だ。いくらでも増えるんだろうな」

「あ、あの、俺にもわかるように……説明してもらえますか……」

納得し合う二人に、金子はしどろもどろになりながらもそう言った。

「ああ。そのつもりだ。そうでなくては、また君は、ここではない何処かを夢見てしまうかもしれないしな」

九重の言葉に、金子はどきりとした。

この青年に、全て見透かされている。九重の射貫《いぬ》くような視線を浴びた金子は、気まずさを感じながらも、歩き出した二人について行ったのであった。

雨宮と九重に案内されたのは、裏路地にあるこぢんまりとした喫茶店だった。

店内は静かで、落ち着ける雰囲気だ。九重はココア、雨宮は昆布茶《こぶちゃ》を頼む。金子はブレンドコーヒーを頼んだが、口にする気力は湧《わ》かなかった。

金子はなんとか頭を整理しながら、防犯カメラに映った謎《なぞ》の影と、街を往《ゆ》く奇妙な人影、そして、実在しないはずの建物が見えていたことを話す。

改めて口にすると、妄想《もうそう》としか思えない。

普通であれば疑いの眼差《まなざ》しを向けられるであろう証言にもかかわらず、雨宮と九重は真摯《しんし》に耳を傾けてくれた。

「あれは、現実の出来事だったんですか？」

全てを語った後、金子は二人に尋ねる。

現実だとは思えない。現に今、視界に異様なものが映る様子はない。

だが、あの時は確かに存在を感じていた。現実のものだと思っていた。

「君にとっては現実の出来事と言えるだろうが、現世の出来事とは言いがたい」

九重は難しい言い回しをした。

「君は、ヨモツヒラサカという異界を認知したことによって、ヨモツヒラサカにチャンネルが合ってしまった。そこで、ヨモツヒラサカへの入り口が開いてしまったようだ」

「……どういうことっすか？」

「回転扉ですよ」

疑問を浮かべる金子に、雨宮が助け舟を出した。

「回転扉に金子さんが入っていると思ってください。そして、普段は前方——現世の方に扉が向いているんです」

「現世の方に扉が開いているから、現世と繋《つな》がってるっていう……」

金子は、雨宮に言われるように想像を膨《ふく》らませる。

「そうです。現世、この世、更に言えば物質界。物理法則が支配する、物質による世界。それが、自分達が普段認識している世界です」

物体に触れれば、確かな感触がある。肉体や物体という壁でお互いが差別化されるという世界だ。

「ところが、ヨモツヒラサカおよびそれに準じたものを認識し、そちらに気を取られ始めると、回転扉が少しずつずれていくんです」

現世と少しずつずれが生じ、今まで見えなかったものが見えるようになり、足を付けていたはずの地から離れていく。

その結果――。

「回転扉が半回転し、後方のヨモツヒラサカに扉が向いてしまう。それが、先ほどまでのあなたの状況です。ヨモツヒラサカへほとんど扉が向いていて、そこに飛び込みそうだった」

「……そんな時、雨宮さんが平手打ちをして扉を元に戻した――と」

「あれは……」

雨宮は言葉を濁《にご》す。平手打ちと聞いて、九重は少し驚いた顔をして雨宮の方を見た。

「痛みは物質的なものですしね。手っ取り早く現世に戻れると思ったんです。申し訳ない……」

「いや、いいんです……けど」

けど。

その言葉が、自然と金子の口を衝《つ》いて出た。

「そのままだったら、俺はどうなっていたんでしょうか……」

金子の問いに、今度は雨宮が九重の方を見やった。九重は頷《うなず》き、落ち着いた口調でこう言った。

「ヨモツヒラサカに行って、帰ってこられなくなっていた。我々に見つけられることなく、ひっそりと現世から消えていただろう」

実際、雨宮が金子を発見した時は、危険な状態だったという。

目の焦点が定まっておらず、支離滅裂なことを呟いていたそうだ。通行人は金子を見ないように、近づかないようにしていて、そこだけ異質な空間だったという。

それを聞いた金子は、ぞっとした。

「それじゃあ、まるで……」

彼はふと、喫茶店の窓ガラスを見る。

窓ガラスに映った自分の姿を見て、更に背筋が凍《こお》った。

顔色がひどく悪い。目の周りは、クマができているかのようにどす黒い。着衣も乱れていて、ボタンも掛け違っていた。

これは、自分がコンビニで見た異様な客と同じ姿だ。

雨宮があと少し遅かったら、自分もあの客と同じように靄みたいな影になっていたのだろうか。

冗談じゃない。

そんな気持ちが、真っ先に頭に浮かんだ。

刺激的な生活に憧れ、ここではない何処かに希望を見出《みいだ》そうとしていた金子であったが、異様な姿に人々から憐憫《れんびん》の目を向けられながら、なんだかよくわからない存在に成り下がるのは御免だった。

「君に見えていたのは、ヨモツヒラサカの住民や建物だったのだろうな」

九重の話に、金子はぶるりと震える。

街並みに重なるように見えた、あの不快で歪な建物が並ぶ場所など碌《ろく》でもないに決まっている。それに、獣のように背中を丸めて動き回る住民の姿を思い出しても、羨望《せんぼう》は欠片《かけら》も浮かんでこなかった。

「ヨモツヒラサカをそれだけ感知できたとなると、君の気持ちはヨモツヒラサカに惹かれているようだ。まずは、その原因を取り除かなくては、再び――」

「もう、いいっす」

金子は、九重の言葉を遮《さえぎ》る。

「何がだ？」

「ヨモツヒラサカへの興味なんてもうない。ここじゃない何処かに行けば平凡な日々に変化が出るかもと思ったけど、そうじゃないんだ」

「ふむ」

九重は、促すように相槌《あいづち》を打つ。

「俺はただ、何者かになりたかっただけ。つまんないモブのままの人生に飽きたっていうか。でも、居場所を変えたところでよくなるわけじゃない。あんな、何かもよくわからないものにはなりたくないし……」

自分が見舞われた出来事を、まだ整理し切れていない。それでも、金子はせめて自分の気持ちくらいはハッキリさせようとした。

金子は、冷めかけたコーヒーを口にする。

ほろ苦い香りが鼻孔《びこう》をくすぐり、コクのある味わいが喉《のど》を潤《うるお》す。後味の心地よい苦みが、金子を優しく現実に引き戻した。

「美味《うま》っ……」

金子はほっと溜息《ためいき》を吐《つ》く。コーヒーをこんなに美味《おい》しいと思ったのは初めてだ。

「この世界は平凡だけど、いいものはたくさんあると思うんで……」

今まで自分が気付かなかっただけで、平凡を非凡にするものが潜《ひそ》んでいるかもしれない。

まずは、少し街から離れてみよう。バイト代を貯《た》めて、旅行に行ってもいいかもしれない。山でも海でもいいから、環境を変えるだけで非日常を得られるかもしれない。

現世に希望を見出した金子の目には、生気がすっかり戻っていた。

それを見た九重と雨宮は、胸を撫で下ろすように息を吐いたかと思うと、自分達が頼んだ飲み物に口を付けたのであった。

金子はコーヒーを飲み干すと、二人にお礼を言って帰っていった。

掛け違えていたボタンをこそこそと直し、乱れた着衣を整えた姿は、会った時よりもずっと地に足が付いていた。

「キリがないな……」

雨宮は昆布茶を啜《すす》りながらぼやく。

「今回はギリギリで現世に留《とど》められたからいいものの、彼のように見つけられずにヨモツヒラサカに行ってしまった人間がいるはずだ。現に、彼が目撃したコンビニの客は……」

雨宮は髪をくしゃくしゃと掻《か》き乱す。その手を、九重が制止した。

「君が責任を感じることはない。オカルト的な記事を書くのが君の仕事だったし、君はこうして自分の始末を自分でつけようとしている」

ヨモツヒラサカの一件は、異状を感知した九重も独自に調査をしていた。そこで、雨宮と雑誌の版元の担当編集である日向則行《ひゅうがのりゆき》と出会ったのである。

雨宮はヨモツヒラサカのことを調査し、日向が編集する雑誌に寄稿した。その後に、ヨモツヒラサカに興味を持った人達が、次々と消えているという話を聞いたのだ。

「ヨモツヒラサカの発信源は他にある。君はそれに乗せられただけだ」

「誰かの悪質な噂の片棒《かたぼう》を担《かつ》いでしまったことが嫌なんですよ。日向さんも雑誌を回収しようとあっちこっちに掛け合ってくれたんですけど、上の方からの許可が下りないようで」

確かに、都市伝説を取り上げたのが原因で人が行方《ゆくえ》不明になっているなんて、俄《にわ》かには信じがたい。行方不明者がいることは事実だが、別の事件に巻き込まれたと考える方が現実的だろう。

「地道に続けるしかない。幸い、君と手分けをしているお陰で、一人でやっていた頃よりも調査が進んでいる」

「日向さんが、各店舗の雑誌の売り上げを元に、ヨモツヒラサカの情報が拡散されていそうな地域を絞《しぼ》ってくれているので……」

地域を絞れても、ヨモツヒラサカに惹かれていそうな人間を見つけるのは容易ではない。実際、雨宮が間に合わずに、『痕跡』だけが残っていたケースもあった。

「君の情報を元に救助した高校生の話だが――」

「石津《いしづ》さん……でしたっけ。確か、友人が狭間《はざま》列車に連れ去られたという……」

「ああ。その友人から、コンタクトがあったらしい」

「何ですって？」

雨宮は目を丸くする。

「正確には、どうかわからないというところだがな。友人の名前を騙《かた》った何かかもしれないが……」

「調査――してみましょう」

雨宮の提案を予想していたかのように、九重は深く頷く。

彼らはそれぞれの飲み物を飲み干すと、静かに席を立ち、喫茶店を後にしたのであった。

第五話

地下の先へ

ヨモツヒラサカに攫《さら》われたはずの亜莉沙《ありさ》の連絡先が、南美《みなみ》のスマートフォンに追加されていた。

有り得ないことだ、と南美は思う。

だが、有り得ないことは何度も見てきた。今更《いまさら》、広く一般に周知される常識とやらに囚《とら》われるのもおかしな話だ。

南美はその番号に通話をしてみようと試みたものの、「電波の届かない場所にいるか電源が入っていないため」という自動メッセージが流れただけだった。

そして、メールアドレスにメールをしても返事はない。エラーすら戻ってこないので、届いているのかいないのか、よくわからない。

(本当に、亜莉沙の連絡先なの?)

亜莉沙の名前が登録されただけで、それが亜莉沙のものだという証拠はない。

しかし、どんなことでもいいから、亜莉沙の手掛かりが欲しかった。それがたとえ、ヨモツヒラサカからの誘いでも。

九重《ここのえ》に登録があったことを報告した後も、南美はヨモツヒラサカのことを探っていた。

動画投稿サイトに投稿されている検証動画を見漁《みあさ》り、様々なキーワードを入れてSNSの投稿も探っていく。

すると、自分が体験した怪現象以外にも、多くの都市伝説が見受けられた。マンホールの中からヨモツヒラサカに行った人の声が聞こえるという話も複数の投稿があったし、防犯カメラに映る不審な影をヨモツヒラサカ側に行ってしまった人だと関連付けている投稿もあった。

防犯カメラの映像はいくつか投稿されていたので、南美はそれをつぶさに見てみる。

確かに、半透明の人影が蠢《うごめ》くという有り得ない映像だった。曖昧《あいまい》な姿なのに存在感がハッキリとしていて、不可思議かつ不気味であったが、亜莉沙とは似ても似つかない姿であったため、南美の興味はすぐに離れた。

亜莉沙に会う前だったら、驚き、畏《おそ》れ、惹《ひ》かれていたかもしれない。

だが、今、南美が欲しいのは亜莉沙の情報だけだ。

「やっぱり、ヨモツヒラサカに行くしかないのかな。でも――」

ヨモツヒラサカへ行く方法はわかっている。ヨモツヒラサカに通じる怪異と接触すればいいのだ。

狭間《はざま》列車と影法師《かげぼうし》は、九重の力で認知の外にやられてしまったが、まだ他の都市伝説が残っている。接触する機会はあるはずだ。

「でも、影法師の時は亜莉沙に会えたけど、他はそうとは限らないかも……」

九重は南美を連れ戻し、亜莉沙のことも探してくれると言っていた。

少なくとも、九重の方がヨモツヒラサカの扱いを知っているだろうし、何も知らない南美が下手《へた》に動いて、九重の仕事を増やすことは本意ではなかった。

自分と真剣に向き合ってくれる大人の手は、煩《わずら》わせたくない。

南美はそれだけの分別を持っていたし、何よりも、九重に余計な仕事をさせて亜莉沙の発見が遅れるのが嫌だった。

「ん？　これ……」

試行錯誤《しこうさくご》しながらスマートフォンの画面を見つめていた南美であったが、気になる投稿を見つけた。

――某所《ぼうしょ》のレトロな地下街の、ある通路がヨモツヒラサカに通じている。

SNSの投稿だった。

それに対して、自分もそれっぽいものを目撃したとか、地下街に影のようなものが蠢いているとか、誰もいない方向から話し声が聞こえたとか、そんなリプライがぶら下がっていた。

信憑性《しんぴょうせい》は高い。

南美はすぐに、動画投稿サイトに飛ぶ。

該当《がいとう》する都市伝説を調査している動画を見つけ、その背景から地下街の場所を特定した。

「ここか……！」

南美の家からそれほど離れていない。すぐにでも行ける場所だ。

どうしようか。

九重に連絡をすべきだろう。しかし、すぐに動いてくれるだろうか。

彼は多忙そうだし、もし、すぐに動けないならば自分が――。

「南美」

自室をノックする音とともに、扉《とびら》越しに母親の声が聞こえた。

「……何？」

南美は素《そ》っ気《け》なく返す。すると、母親の露骨《ろこつ》な溜息《ためいき》が聞こえた。

「学校、まだ行きたくないの？」

またそれか。

「なんで、学校に行かなきゃいけないの？」

面倒くさいな、と思って質問に質問で返す。

すると、母親は困ったように答えた。

「勉強をしないと、将来に響くでしょう？」

「勉強ならやってる。学校で配られた問題集だってこなしてるし、動画投稿サイトで詳しい解説をしてくれてる動画も上がってるし」

「それ、大丈夫なの？」

母親の心配そうでいて胡乱《うろん》な問いに、南美は自分が苛立《いらだ》つのを感じた。

「何が？」

「動画投稿サイトって素人《しろうと》が投稿してるんでしょう？　正しいとも限らないじゃない」

「は？　いつの時代の話？　今は塾の講師をやってる人とかも投稿してるんだけど」

それに、テレビに出ているような芸能人ですら自分のチャンネルを持って、ガンガン投稿している。以前はアマチュアが投稿する場所と言われていたらしいが、デジタルネイティブの南美にとって、そんなのは自分の知らない昔話の一つにすぎなかった。

昔の話題を、今まさに起こっているかのように語る親に辟易《へきえき》してしまう。

「いい大学に行くには出席日数が必要だし、そろそろ学校に行きなさい。みんな、南美のことを待っているだろうし」

「みんなって誰。私を待ってる人なんていないし」

「ねえ、南美。そんなこと言わないで。私は、あなたにちゃんとした大人になって欲しいの」

ちゃんとした大人ってなんだ。

そう思った瞬間、南美は弾《はじ》かれたようにまくし立てる。

「お母さんはいい大学に行ったみたいだけど、パッとしない大人じゃない。今の世の中をちゃんと見ないで、昔のことばかり語ってるし。そんな人がちゃんとした大人っていうなら、私はちゃんとした大人にならなくてもいいから」

「南美！」

母親の金切り声が弾けた。

扉を開けようとドアノブを捻《ひね》るが、鍵《かぎ》が掛かっているせいで、ガチャガチャとドアノブがけたたましく鳴るだけだった。

「変な動画でも見たんじゃないでしょうね！　私は、あなたのためを思って言ってるのに！」

変な動画ってなんだ。変なのは自分だと思わないのだろうか。

「この前だって、動画配信者が問題を起こしたってニュースでやってたわよ！　それに、男の人がネットで知り合った学生を殺したっていう事件もあったじゃない！」

それらの事件は、南美が知るところでもあった。

ネットで注目を集めたいからと言って、世間一般が忌避《きひ》するようなことをわざとやる輩《やから》がいる。ネットで善人を装って、無知な人間を集めて蹂躙《じゅうりん》する輩もいる。

だから、相手を見極めなくてはいけないということも、南美はわかっていた。

再生回数が多くても、「いいね」が多くても信用できるとは限らない。

会社ではそれなりの地位にいるらしい父親も、いい大学を出たらしい母親も、世間的には立派とか真っ当と呼ばれるはずなのに、中身は薄っぺらくて家庭は上手《うま》くいっていない。

オンラインでもオフラインでも、大人はハリボテを被《かぶ》るのが上手いのだ。

そういうものなのだと、南美は高校生にして悟っていた。

両親は、自分の子どもとすら、まともに向き合えていない。世の中は、家族が大事とか子どもは宝だと言っているのに、それすらも守れないのは大人失格だ。

その点、呪術屋《じゅじゅつや》なんていう胡散臭《うさんくさ》い職業の九重は、赤の他人の子どもとも真剣に向き合ってくれる。

彼は世間ではどういう立ち位置なんだろうか。浮世離れしていたから、そういう物差しで測れる相手でもないのだろう。

九重の優しさは心地よい。

こちらを過保護にすることなく、必要以上に踏み込んでこず、ただ、必要な時に手を差し伸べてくれる。

まるで、夜の静寂《しじま》のようであった。

だからこそ、信用ができる。

こちらにグイグイと踏み込んできたり、いい人そうな顔をして探ってきたりする相手は危険だ。こちらに興味があるような気配がしたら、連絡先を教えずに即座に立ち去っていただろう。

九重の興味は、明らかにこちらではなく、ヨモツヒラサカやそこで行方《ゆくえ》不明になった人に向いている。南美と、同じ方向へ――。

「南美、開けなさい！」

母親が扉を叩《たた》く。

だが、木製ながらも分厚い扉は、軋《きし》む音一つ立てずに母親のことを阻《はば》んでいた。

まるで、南美の心の壁のように。

「きっとあなたは病気なのよ！　病院に行きましょう！」

「違う。お母さんと違う方向を見ているだけ」

「どうしてそんな風になっちゃったの!?　ねえ、私が間違っていたの？」

母親の金切り声に、泣き声が混じる。

あまりにも思い通りにならず、しかも理解が及ばない娘を前に、ついに心が折れてしまったのだ。

最悪だ。

南美の心は淀《よど》んでいき、どす黒い汚泥《おでい》となって渦巻《うずま》いた。

強制的に罪悪感を味わわされる。子が親を害するという原罪にも近い罪の意識を背負わされ、南美は口の中に胃酸が込み上げてくるような感覚に陥《おちい》った。

扉越しに、母親のすすり泣く声が聞こえる。

「お願いだから……学校に行って……」

もう、どうしたらいいのかわからないのだろう。母親の感情が爆発し、泣くことしかできなくなってしまったのだ。

泣かせたのは誰？

(学校に行く必要をちゃんと説明できないお母さんが悪いのに……)

だが、学校に行かないという選択肢を選んだのは自分だ。学校に行くと説得に応じていれば、母親は満足しただろう。

では、泣かせたのは自分か。自分のせいで、母親が泣いているのだ。

自然と込み上げる罪悪感。

親よりも先に亡くなった子どもは親不孝者として、賽《さい》の河原《かわら》で石積みをしなくてはいけない。それを賽の河原の鬼達が壊すので、石積みは永遠に終わらないのだ。子どもだって、好きで親よりも先に亡くなったわけではないだろう。事故とか病気とか、どうしようもない事情があるかもしれないのに。

それなのに何故《なぜ》、一方的に親不孝とされるのか。親を悲しませたり害したりした子どもは、その理由が何であろうと罪人扱いになるのだ。

古くからある慣習のせいで、その感覚は南美の中にもあるのだろう。だから、罪悪感を覚える。

親の不勉強と説得力のなさが招いたことなのに、なんたる理不尽。

南美の心は、罪悪感と理不尽さがぶつかり合い、滅茶苦茶《めちゃくちゃ》になっていく。内臓がひっくり返り、胃の中のものを全《すべ》てぶちまけてしまいそうだ。

全身に不快感が駆《か》け巡《めぐ》り、耳の奥から激痛が込み上げてくる。身体《からだ》中を掻き毟《むし》って、この膿《うみ》のような嫌な感覚を絞《しぼ》り出したかった。

一体自分は、何をやっているのか。何を感じさせられているのか。

「現世にいることに……何の意味があるんだろう」

亜莉沙が、どうしてヨモツヒラサカの話をして、狭間列車に乗ったのかとずっと考えていた。

南美は亜莉沙が攫われたものだと思おうとしていたが、彼女は望んで狭間列車に乗った。それが、何なのか知っているはずなのに。

「亜莉沙も、もしかしたら、嫌なことがあったのかも……」

扉越しに母親がすすり泣く声を聞きながら、南美はぼんやりとそんなことを感じていた。

九重に地下街の通路のことを連絡すると、すぐに返信が来た。

どうやら、九重もまた地下街の通路の噂《うわさ》を追おうとしたところらしい。後で調査結果を伝えるとのことだったが、南美は自分も行くと伝えた。

亜莉沙と縁がある自分なら、何か役に立てるのではないか、と。

すると、悩むような間をおいて、九重から承諾の返信が来る。「了解した」という簡単なメッセージと、集合日時や場所が記された事務的なメールだったが、南美はそれに安堵《あんど》を感じていた。

余計な気遣《きづか》いを感じられないので、こちらも気持ちが楽だ。こちらの機嫌を取ろうとしたり、逆に、こちらの行動を御《ぎょ》そうとしたりする相手だと身構えてしまう。

世の中の人間が、九重のようならばいいのに。

そんなことをぼんやりと考えながら、南美は約束の日を迎えた。

都内某所。

古くからある地下道の一角に、それはあった。

過ぎ去りし昭和の時代の残留物のようなレトロな地下街が、ひっそりと延びている。しかし、シャッターが閉まった店も多く、通り過ぎる人も少ない。

地上を往《ゆ》くほとんどの人から認識されていないのだろう。

物理的に実在していないはずなのに認知のチャンネルを合わせることで見えるものもあれば、物理的に実在しているのに認知されないものもあるのか。

更に時代が進むにつれ、シャッターが閉まった店ばかりになり、最終的に、誰にも気付かれないままひっそりとなくなってしまうのだ。

終焉《しゅうえん》が近い地下街に思いを馳《は》せ、南美はじんわりと心が痛んだ。

「この地下街の何処かが、ヨモツヒラサカに通じているということか……」

南美の隣には九重と──もう一人、若い男性が立っていた。

彼の名は雨宮《あまみや》。協力者でライターをしているという。

年齢は九重と同じくらいか。すらりとした背格好《せかっこう》で、イケメンというには、ややレトロな顔立ちだ。凛々《りり》しさもあるし、いわゆる〝男前〟と表現するのだろう。

しかし、その眉間《みけん》には深い皺《しわ》が刻まれている。胸に大きなしこりでもあるのか、何やら思い悩んでいる様子であった。

南美は、雨宮の名前に見覚えがあった。

「雨宮さんって、もしかして……。ヨモツヒラサカの記事を書いた人ですか？」

それを聞いた雨宮はハッとして、申し訳なさそうに目を伏せた。

「そう……ですね。九重さんから話は聞きました。自分が書いた記事のせいで、影法師の怪異に遭《あ》ったとか――」

「あっ、いいえ。気にしないでください。危ない状況には陥りましたけど、九重さんが助けてくれましたし」

この通り、と両手を振って元気なところをアピールしてみせるが、雨宮の表情は晴れなかった。

自分が書いた記事のせいで、認知が広まって怪異に遭遇《そうぐう》する人が増えたと思っているのだろう。罪悪感を覚えるのは仕方がない。

いくつか気になることはあったが、南美は真っ先に尋ねたいことがあった。

「どうして、ヨモツヒラサカの記事なんて書こうと思ったんですか？」

「それは、常世《とこよ》の存在との繋《つな》がりを絶やしたくなかったから」

常世の存在。すなわち、あの世や境界、概念の存在。ヨモツヒラサカに関係する怪異達もまた、そのような存在であった。

「何故……？　あんなにおぞましいものなのに」

理解できない。

南美は丁寧語《ていねいご》を使うことも忘れ、雨宮に詰め寄るように尋ねる。

「石津《いしづ》さん、でしたっけ。常世の存在は、おぞましいものばかりではないんです。理解が及ばないもの、交わりがたいものもあるでしょう。しかし、彼らは一様に恐れるべきものではない。畏れは必要かもしれませんが、時には手を取り合うこともできるんです」

「そんなの……」

信じられない。信じたくない。

影法師に呑《の》まれそうになった時のことを思い出す。

亜莉沙の背後には、確かにあのおぞましい異形《いぎょう》達がいた。しかし、亜莉沙は逃げようとも騒ごうともしなかった。

もし、亜莉沙が彼らに気付いていたのだとしたら。亜莉沙が彼らの存在を知っていて、望んであそこにいるのだとしたら。

「様々な人間がいるように、彼らもまた多様だ。お互いに受け入れられる者もいれば、そうではない者もいる」

九重は、さらりと言い添えた。

「ちゃんとした大人と、ちゃんとしてない大人がいるみたいに……ですか？」

「観測者の価値観によって、その対象の個性がちゃんとしていると思うか否《いな》かという話であれば、そうだと言えるな」

ちゃんとしているという基準は人によって違うというニュアンスを醸《かも》し出しながら、九重は答えた。

「自分は、常世の存在に救われました。だから、彼らの居場所をなくしたくない。そういう想いもあって、都市伝説を取材して、記事にすることにしたんです」

「そう……ですか」

雨宮の言うことは筋が通っている。

概念の存在にして、認知されることで姿を現す彼らは、彼らの認知を他人に促《うなが》すことで彼らの居場所を広げられるのだ。概念の存在に好意的な雨宮が、彼らが忘れられないように記事に記したいという気持ちもわかる。

「ヨモツヒラサカが危険だとは……思わなかったんですか？」

「……自分が知っている境界の世界と、似たものだと思っていたんです。自分はそこで、迷える人々を救う存在に会いました。ヨモツヒラサカの先に彼と似たような存在がいるのならば、何か自分にできることはないかと思いまして」

「……もしかして、ヨモツヒラサカの先に接触するために記事を？」

「そんな気持ちはなかったと言えば、嘘《うそ》になります。自分は一度、境界の存在に魅《み》せられてしまった」

雨宮の目は、あまりにも真剣だった。

その執着《しゅうちゃく》すら感じる眼差《まなざ》しに、南美は思わずゾッとする。本人が言うように、雨宮はその境界に心が囚われているのだろう。

ヨモツヒラサカを取り上げたのは、悪戯《いたずら》や軽はずみではない。彼の絡《から》みつくような執念《しゅうねん》が、異界の一端を引っ張ってきてしまったのだ。

「しかし、読者を巻き込むつもりは全くありませんでした。ただ、心の隅《すみ》に常世のことを置いてもらえればよかった。それだけだったんです……」

「それは――」

南美は続く言葉に悩んだ。

実際にいなくなってしまった人達はどうするのか。しかし、それを問うのはあまりにも残酷《ざんこく》だと思った。雨宮は自《みずか》らの行いを悔《く》いており、話を蒸し返すほど南美は無神経ではなかった。

口を噤《つぐ》んだ南美の代わりに、九重が再び口を開いた。

「事件を追い、ヨモツヒラサカに飛び込みそうになっていたのを辛《かろ》うじて引き留《と》めた人の話を聞くうちに、わかったことがある。雑誌の記事を見て知った者も少なからずいるが、それ以外の切っ掛けがあまりにも多い」

「インターネットでも、動画や証言が投稿されてますしね……」

「そう。だからこそ、気になったんだ。情報の発信源は何処なのかと」

九重の言葉に、南美は雨宮を見やる。

「自分も、インターネット上で囁《ささや》かれている話を元に、古い怪談や伝説を絡めて分析をしていました。あとは、出版社に寄せられた匿名《とくめい》の手紙ですかね」

「手紙?」

「狭間列車などは、その手紙に記されていました。ただ、差出人は名前を書いてませんでしたし、最初は担当編集者ともども、悪戯だと思ったんです。しかし、後日、同じような内容がSNS上で囁かれてまして……」

「誰かが意図的に流した、とかですかね」

南美は眉間を揉《も》む。

「最初は、自分達もそのように思っていました。手の込んだ仕掛けだと判断して、事態を静観していたんです。ですが、そのうち目撃証言や目撃動画がアップされるようになって——」

「そのタイミングで、記事にしたというわけですか」

南美の質問に、雨宮は頷《うなず》いた。

雨宮もまた、ヨモツヒラサカ関連の噂を検証している動画配信者や、SNSに投稿している人々と変わらない。何か大きな力に巻き込まれ、意図せず拡散に協力してしまったのだ。

雨宮は異界に対して造詣《ぞうけい》が深い上に、責任感が強いのだろう。だから、元凶であるかのように申し訳なさそうにしていたのか。

「手紙は何処から送られたかわかってるんですか？　消印とか……」

「出版社の近くの郵便局ですね。恐らく、差出人はわざわざ近隣の郵便局を選んだのでしょう」

「なんか、その差出人も執念深いですね……。何が何でも、ヨモツヒラサカの話を広めたいみたいな……」

南美の言葉に、雨宮と九重は顔を見合わせ、頷き合う。

「やはり、そう思いますか」

「我々もヨモツヒラサカに連れていかれそうな人間を探りつつ、差出人に繋がる縁を見つけようとしている。だが、巧妙に煙《けむ》に巻かれているんだ」

「どういう風に……ですか」

南美は息を呑みつつ問う。

「縁の痕跡はあちらこちらに散らばっているが、唐突《とうとつ》に途切れていることが多い。

差出人はもう、現世にいないのかもしれない」

「死んでるってこと……?」

「そう考えるのは性急だ」

九重は頭《かぶり》を振り、地下街の先を見やる。

「今までは、場所の指定はあってないようなもので、ヨモツヒラサカを知っている人間の前に怪異が現れた。だが、今回は違う」

地下街の場所が特定されており、その先にヨモツヒラサカがあるという。

「異なる手掛かりを見つけられるかもしれませんね」

雨宮もまた、鋭い視線で地下街の奥を見つめた。

彼は物静かで丁寧でありながらも、その内にある激しいものを南美は感じていた。

彼の常世の存在との出会いがそうさせているのだろうか。南美が、亜莉沙を探しているのと同じで。

生暖かい風がうなじを撫《な》でていく。生臭《なまぐさ》さすら感じる空気が、ひたひたと三人を包もうとしていた。

茶色い蛾《が》が、古びた蛍光灯《けいこうとう》に引き寄せられるように飛んでいく。しかし、大きな蜘蛛《くも》の巣が行く手を阻み、光が届く寸前で絡め取られてしまった。

「これを」

九重はお札《ふだ》のようなものを南美に差し出す。

「これ、何ですか？」

「君を守る呪《まじな》いだ。肌身離さず持っていて欲しい」

「わ、わかりました」

お札には複雑な図形や文字が書かれている。折りたたんでもよいそうなので、スマホケースの中に挟んでおいた。そうすれば、絶対になくさないだろうから。

「……それ、自分にもありますか？」

雨宮が九重に問う。

だが、九重は無言で雨宮を見やり、いささか困ったように天井を仰《あお》いだ。雨宮はその仕草《しぐさ》で悟る。

「ああ、一枚しかないんですね……」

「君がどうにかなりそうなら、俺《おれ》は首根っこを引っ摑《つか》んで引き留めよう」

「物理じゃないですか……。でも、それが確実ならその方法でお願いします」

「あ、あの。なんなら、私が首根っこを引っ摑まれてもいいんですけど……」

南美がおずおずとお札を取り出そうとするが、九重と雨宮は同時に南美の方を向き、声を重ねて言った。

た。

「それは駄目《だめ》だ」

「そ、そうですか」

子どもゆえの扱いなのか、女性に強引な真似《まね》をするとよろしくないためか、それとも、二人が紳士《しんし》なためかはわからなかったが、南美は有り難《がた》く呪符《じゅふ》を譲《ゆず》り受けた。

「行こう。違和感があったら知らせてくれ。くれぐれも、俺から離れないように」

九重を先頭にして、三人は静かに歩き出す。

三人に合わせて淀んだ空気がぞろりと動き、湿気が生き物のようにじっとりとまとわりつく。

蛍光灯は呻《うめ》き声をあげながら点滅し、古くなって黒ずんだコンクリートの床を不均等に照らしていた。

服に埋もれて入り口がわからない古着屋や、ひどくレトロなレコード屋などが、シャッターが閉まった店に紛《まぎ》れてぽつぽつと開店している。しかし、地下街にいる客は一人か二人で、繁盛《はんじょう》している様子はない。

天井には無数の配管が張り巡らされていた。老朽化のためか、あちらこちらから水が滴《したた》っている。

低い天井のせいか、こもっている湿気のせいか、圧迫感がひどかった。

南美は息苦しさのあまり深呼吸するが、肺に入る空気は鉛《なまり》のように重く、一向に気持ちが落ち着かない。

「見ない顔とは、珍しいね」

腰の曲がった老婆が歩み寄り、南美に囁いた。

「あっ……」

友達を探していて、と南美が伝えようとしたその瞬間、九重の大きな手が二人の間を遮《さえぎ》った。

「えっ？」

「虫がいたような気がした」

そう言った九重の目は、そのまま歩くよう促しているようにも見えた。南美は心の中で頷き、九重とともに無言で先へ進む。

声をかけてきた老婆を無視することになってしまった。罪悪感に、後ろ髪を引かれる思いだ。

しばらく歩いたところで、南美はこっそり振り返る。

腰の曲がった老婆は、南美に声をかけてきた時の姿勢のまま固まっていた。無視されてショックだったのだろうかと心を痛める南美であったが、次の瞬間、老婆の輪郭《りんかく》がぞろりと崩れた。

「ひっ……」

悲鳴をなんとか嚙《か》み殺す。

老婆は、真っ黒い人影になっていた。闇《やみ》よりも黒く、泥よりも淀んでいるその影は、ブツブツと何かを呟《つぶや》きながら物陰へと去っていく。

南美の頭上でジジッと蛍光灯が呻いた。ツンとした臭気《しゅうき》が、鼻の奥を衝《つ》く。

老婆は、この世ならざる者だった。九重はそれを見破って、南美に無視させようとしたのだ。

あの時無視しなかったら、自分はどうなっていたのだろう。

「九重さん、助か……」

助かりました、という言葉は最後まで出てこなかった。

振り返った南美が見たものは、ただひたすら長い地下街の通路のみだった。九重も、雨宮の姿もない。

「えっ、どうして……？　九重さん、雨宮さん！」

南美は大声で呼ぶものの、二人が現れる気配はない。

それどころか、客もすっかり消えていた。通路の柱や積み上がった荷物の物陰から、何やら蠢く人影が見えるのみだ。

「まさか……」

九重達とはぐれてしまった。それどころか、ここは既にヨモツヒラサカの領域なのではないだろうか。

物陰で蠢く人影が、ざわざわと髪をなびかせる。それは無数の手招きする手にも見えたし、影法師の気配にもよく似ていた。

すぐそばで、ひび割れたガラス戸が開く。傾きかけた暖簾《のれん》には蕎麦屋《そばや》と記されていた。

しかし、店から出てきたのは土気色の顔をしたビジネスパーソンであった。異様なほど真っ黒な目をぎょろぎょろと動かしたかと思うと、口からぞろりと触手《しょくしゅ》を吐き出す。人の身体のような生気《せいき》はないのに、触手だけ妙に生々しく、水揚げされたばかりの魚のように跳《は》ねていた。

その触手はゆっくりと、指さすように南美の方へと向けられて――。

まずい。

南美はとっさに走り出す。

(早く、九重さんと雨宮さんを探さないと！)

二人は何処に行ったのだろう。

呪術屋と境界に触れたことのあるライターが、はぐれたとは思えない。はぐれてしまったのは、自分の方なのだ。

だが、どうすれば二人と合流できるのか。

南美はひた走り、視界の隅にチラつく人影を全て無視しながら、二人の姿を探す。

蛍光灯の光は、いつの間にか赤黒くなっていた。辺りはまるで、血の海だ。

天井を這《は》う配管は側壁も埋め尽くすようになり、シャッターに覆《おお》われていた店は全てシャッターが取り払われ、その代わり、打ち捨てられた有り様を南美に見せつけていた。

「誰か……！」

九重と雨宮に会いたい。現世に近い彼らと合流することで、引き裂かれそうな正気《しょうき》を保ちたい。

それと同時に、南美がすがりたがっている相手はもう一人いた。

「亜莉沙！」

彼女の名を叫んだ瞬間、スマートフォンが鳴った。驚いて画面を見てみると、亜莉沙からの着信だった。

「嘘……！」

本当に亜莉沙か。異界の罠《わな》ではないだろうか。

そう考える前に、南美は着信を取る。ひどいノイズの嵐が南美の耳を襲う中、聞き覚えがある声がした。

「南美……南美君……」

「亜莉沙？　亜莉沙なの？」

間違いなく亜莉沙の声だった。

南美はなり振り構わず、彼女に語りかける。

「あなたを探していたの。そして、謝りたかった。狭間列車のことを信じられなくてごめんなさい。そして、あなたを二度も助けられなくてごめんなさい……！」

「……い……いいんだ」

ノイズに混じりながらだが、亜莉沙の声は南美を安心させるように囁いた。

「僕達は……お互いに知らなすぎた……。僕を信じろと言う方が……無理だったんだ……」

「でも、亜莉沙は本当のことを言ってた！」

南美は声を張り上げる。ノイズの向こうで、亜莉沙が苦笑する気配を感じた。

自嘲《じちょう》の笑《え》みか、それとも失望の笑みか。どちらにしても、やっと亜莉沙と繋がったのだ。この繋がりから、なんとかたぐり寄せなくては。

「ねえ、亜莉沙。何処にいるの？　私はあなたを迎えに来たの」

「迎えに？　僕を連れて帰るつもりかい？」

亜莉沙の声色《こわいろ》が変わった。怒っているのかもしれない、と南美は察した。

「……帰るのは嫌？」

「キミは――」

亜莉沙は思索にふけるように、たっぷりと間をおいた。

「現世はそこまで価値があるものだと思うかい？」

「えっ……」

中身のない両親。生徒を理解しようとしない教師。それらが、次々と南美の脳裏《のうり》を過《よぎ》る。

「キミは、現世に自分の居場所を作りたくて僕を呼び戻そうとしているんじゃないのか？」

亜莉沙の指摘が南美の心を鋭くえぐる。

居心地が悪い日々を過ごし、亜莉沙の存在が灰色の世界に終止符を打ってくれた。だからこそ、亜莉沙を取り戻したいと思っていた。

あまりにも図星《ずぼし》だった。そして、あまりにも身勝手だった。

無自覚だった自らの醜《みにく》さに対面した南美は、言葉を失ってしまう。

「わ、私は……」

「いいんだ」

そんな南美を、亜莉沙の声が包み込む。いつの間にかノイズがなくなり、彼女の声は鮮明になっていた。

「もう、いいんだ。僕は自分の在り方を見つけた。今度は、キミの番だ」

「私の……番……？」

南美が鸚鵡返《おうむがえ》しに問うと、亜莉沙が頷いた気配を感じた。

「キミは現世に居続けたいのか？　それとも、苦しみから逃《のが》れたいのか？　僕を──居場所を求めているということは、キミは苦しいんだろう？」

そうだ。自分は苦しいのだ。現世の人々に苦しめられ、居場所を見つけようとあがいている。

「だったら、キミは──」

ずるりと周囲の闇が濃くなる。

赤黒かった世界から急速に色が喪《うしな》われ、全てが曖昧になっていく。

自分が地下街の通路にいるのか、それとも店内にいるのかわからない。周囲を埋め尽くそうとしていた配管も闇に溶け、何処から何処までが壁や床で、何処が配管なのかわからなくなっていた。

南美は、自分の指先も闇に呑み込まれているのに気付く。

単に暗いから見えないのではない。指先の感覚が曖昧になっているのだ。

「い、いや……！」

自分の指先のような気もするし、他人のもののような気もする。自分のはずなのに自分ではない。味わったことのない感覚に、南美は恐れおののき、叫びそうになっていた。

しかし、スマートフォンを持つ反対側の手が眩《まばゆ》く光る。いや、正確にはスマートフォンのケースの中に入れていた呪符が、光を放っているのだ。

通話のノイズがひどくなる。

「くっ……ヨモツヒラサカで……待ってる……」

ノイズの嵐の中で辛うじて聞こえたのは、それだけだった。

刹那《せつな》、喪いかけた指先の感覚が戻り、闇に包まれかけた周囲が開けた。気付いた時には、南美は廃《すた》れた地下街に戻っていた。

彼女は地下街の通路の突き当たりと思《おぼ》しき扉に、手をかけていた。耳に当てていたスマートフォンの通話は、すっかり切れていた。

「石津さん！」

雨宮の声が南美を呼ぶ。

振り返ると、雨宮が心配そうに自分を見下ろしていた。九重もまた眉間に皺を寄せて自分を見つめている。

「雨宮さん……九重さん……」

「よかった。九重さんの呪符のお陰で、石津さんを見失わずに済みました」

「何が……あったんですか？」

「君はこの世ならざる人影を追って、あっという間に走り去ったんだ」

九重が神妙な面持《おもも》ちで答えた。

彼らから見た南美は、突如《とつじょ》としてあらぬ方向へ走り出したという。スマートフォンを耳に当て、意味を成さない言葉を喚《わめ》きながら。

俄《にわ》かには信じられない話だ。だが、二人が嘘を吐《つ》くようにも思えなかった。

「君は靄《もや》のようなものに包まれ、俺達は何度も君を見失いそうになった。しかし、予《あらかじ》め君に持たせていた呪符が我々を導いてくれたんだ」

「九重さんは、こうなることを予想して……」

「君は友人と強い縁で繋がっていた。ヨモツヒラサカに近づくにつれて、友人が接触すると思っていたんだ。君の端末に友人が番号を登録したのも、そのためだろう」

「……亜莉沙は、ヨモツヒラサカで待ってるって……」

「だろうな」

九重は、静かに正面を見据《みす》えた。

南美は扉のドアノブに手を添えて、今、まさに開こうとしているところであった。

配管や荷物が溢《あふ》れた細い通路は地下街の路地裏そのもので、扉は突き当たりに唐突に存在していた。

錆《さ》びついていて赤黒く変色しており、捉《とら》えようによっては血染めに見える扉だ。ドアノブも朽《く》ちかけて、回したらもげてしまいそうだ。

よく見れば、ところどころがぼやけている気がする。輪郭がやけに希薄《きはく》で、意識の外にやったら消えてしまいそうなくらいだ。

そのど真ん中に、九重のものと思しき呪符が貼《は》られていた。

「この扉は浮世のものではない。常人ならば見つけられず、ヨモツヒラサカに惹かれていれば惹かれているほど、見つけやすくなるのだろう」

本来ならば、南美の意識が現世に引き戻された時点で消えていたのだが、九重の呪符で可視化したという。

「この先に、ヨモツヒラサカが……？」

「ああ、君の友人がいる。縁が強く、その上招かれている君が開けば、必ず友人の元へと繋がるだろう」

亜莉沙がその先にいる。

少し前の自分であれば、喜んでその扉を開けただろう。しかし、今は違う。

怖い。

それが、南美の正直な気持であった。

亜莉沙は南美の醜い感情を見抜いていた。その上、亜莉沙は自分の居場所をヨモツヒラサカで見つけたというようなことを言っていた。

そんな相手に、どんな顔をして会えばいいのか。

「……無理をしなくても大丈夫」

南美が顔を強張《こわば》らせていたのに気付いたのか、雨宮が気遣うように言った。

彼らはヨモツヒラサカの事件を収束させようとしている。それならば、今すぐにでも扉の向こうに飛び込んでいきたいことだろう。

それなのに、南美のことを気遣ってくれる。

これが、大人なのだ。自分の思い通りにならないからと言って泣き出すのではなく、こちらの気持ちを汲《く》もうとしてくれる。

「……行きます」

「平気ですか……？」

雨宮は心配そうな面持ちだ。

平気じゃない。扉を開くのも怖いし、進むのも怖いし、異形に遭遇するのも、亜莉沙に会うのも怖い。

何もかも怖い。

「でも、行かなきゃ」

そうでないと、きっとこの恐怖は終わらない。

南美はドアノブを捻り、ゆっくりと扉を開いた。蝶番《ちょうつがい》の軋む音が響き、どんよりとした闇が南美を迎える。

南美は自然と固唾《かたず》を呑む。

扉の先には、延々と下り坂が続いていたのであった。

第六話

怪談都市ヨモツヒラサカ

扉《とびら》の先は、深い闇《やみ》と延々と続く坂であった。

南美《みなみ》が影法師《かげぼうし》に遭遇《そうぐう》した時に見た坂だ。地下街の途中で唐突《とうとつ》にあるなんて、物理的におかしい。

だが、物理法則に支配されないのが常世《とこよ》の存在なのだという。

南美が坂に踏み込むと、九重《ここのえ》と雨宮《あまみや》は迷うことなく続いた。この二人は腹が決まっているのだろう。覚悟が決まり切っていないのは、南美だけだった。

バタン、と扉が閉まる音がする。

慌てて背後を見ると、扉は消えていた。壁も扉もなくなっていて、果てが見えない上り坂がただ続いているだけだった。

「帰れなくなった……？」

南美の声が震《ふる》える。しかし、「大丈夫」と雨宮が言った。

「ここに入る前、担当編集者に連絡をしておきました。現世との繋《つな》がりがあれば、道は開けるはずです」

「そう……なんですね」

雨宮は南美よりも境界に詳しい。今は彼を信じるしかない。

しかし、予想外のことが起きる場所だ。それに、九重と雨宮ですら見つけられなかった場所である。

戻れる保証なんて何もない。

――キミは現世に居続けたいのか？

亜莉沙《ありさ》の言葉が耳に残っていた。

果たして、自分は戻りたいのだろうか。現世で苦しめられるのならば、退路が断たれてもいいのかもしれない。

九重と雨宮には申し訳ないが――。

「友人は、君に何を話した？」

唐突に九重に問われ、南美はギョッとした。

何か探られているのかと疑いの眼差《まなざ》しを向けるものの、九重の伏せられた目は亜莉沙の身を案じているようであった。

「君の友人が、無事だったのならいいんだが」

「ああ、そういう……。無事だと思います……たぶん。助けてくれとか、言われてないですし……」

そう。南美は亜莉沙を救おうとしていたが、亜莉沙は救われたがっていなかった。

それどころか、南美を招こうというのである。

「私、どうしたらいいかわからなくなってしまって」

「……聞こう」

いつの間にか、九重は自分の隣を歩いていた。歩調を合わせてくれる彼に、南美は頷《うなず》く。

「私は嫌なことばっかりあって、周りが信じられなくなって。そんな時、亜莉沙と出会ったんです。彼女は今まで会ったどの大人よりも大人っぽくて聡明《そうめい》で、渇《かわ》いていた私の心を満たしてくれました」

「初めて、頼れる相手に会ったということか」

「……そうかもしれません」

九重が南美の気持ちを言語化してくれる。初めての頼れる相手だったからこそ、南美は亜莉沙を求め、依存してしまったのだろう。

「彼女以外何もいらないと思ってました。いつの間にか、彼女が私の全《すべ》てになっていました。でも、私は彼女の何も知らなかったし、何も考えてあげられなかった」

結果的に、亜莉沙は南美の前から姿を消した。あの、異様な列車に乗って。

「亜莉沙は苦しんでいるんです。私のように、ううん、私以上に現世に嫌気がさしているのかもしれません。それなのに、私は彼女を現世に連れ戻そうとして……」

南美はぎゅっと握り拳《こぶし》を作る。自分勝手な己《おのれ》に向けた怒りが、そこにこもっていた。

「私は、どうしたらいいんでしょう」

「石津《いしづ》さんは、友人にどうあって欲しいと思うんですか？」

後ろで話を聞いていた雨宮が口を挟《はさ》んだ。

「どうって……」

一緒にいたいと思っていた。そばにいて欲しいと思っていた。

でも、それは自分のエゴだと気付いてしまった。

一緒にいて欲しいという気持ちも、そばにいて欲しいという気持ちも、南美の本音だ。

だが、それよりも亜莉沙に願いたいことがある。

「彼女には、幸せになって欲しいと思ってます。彼女のお陰で、ほんの少しでも世界が明るくなりました」

つまらないと思っていた灰色の世界。そこに鮮やかな色を添えてくれたのは亜莉沙だ。

「だから、私はその恩を返したい。彼女にとって人生が幸福であるよう願いたい。それが、たとえ私にとって幸福でなくても」

「……そうですか」

雨宮は、いささか安堵《あんど》したように息を吐いた。

「執着《しゅうちゃく》は人の心を歪《ゆが》ませてしまう。たとえ、それが純粋な願いであったり、誰かを守ろうとしたりするものであっても、いい結果は齎《もたら》さないと思うんです」

「雨宮さんも、何かあったんですか？」

妙に実感がこもっていた。

南美が問うと、雨宮は苦笑を漏《も》らす。

「歪んだ庭を作って、異界からの来訪者を閉じ込めたひとがいたんです。……そのひとも、家族を守ろうとしているだけだったのに悲劇的な運命を辿《たど》ってしまった」

「家族のために……」

家族の絆《きずな》を感じられない南美にとって、少し羨《うらや》ましい話だった。だが、そんな人ですらいい結果を招かないなんて、世の中はなんと理不尽なんだろう。

「自分もまた、執着に負けてしまいそうになりました。大切なものを閉じ込めてしまおうという気持ちに駆《か》られかけたこともあったんです」

「雨宮さんも……？」

こんな立派そうな大人も、そんな気持ちになるのか。

南美は一瞬だけ驚いたが、相手が亜莉沙のように自分の運命を変えた人だったのだとしたら、納得だ。

「でも結局、相手の願いを優先したんです。自分の元から去っていった時は、寂しくなかったと言ったら嘘《うそ》になりますが――あの選択に、悔《く》いはありません」

雨宮の目は晴天のように澄《す》んでいて、そこに迷いは見当たらない。南美はそこまで真《ま》っ直《す》ぐな目をした大人を見たことがなかった。

「だから、石津さんの相手を思いやる選択が、悔いのないものならばいいと思っています。そうすることで、次の道が見えるはずだから」

「次の道……」

「何が歪んでいるか、何が正しいのかというのは難しい」

雨宮の話に付け足すように、九重が言った。

「認知の歪みの話をしたが、飽くまでも物理現象を基準にした時に、正しく認識しているか否《いな》かというだけだ。人間の心はそれよりも複雑で、最適解は誰にもわからないだろう」

「そう、ですね。自分のこともよくわからないのに、相手もいるとなると……」

「だが、最適解に近づけることはできる。互いに理解し合い、許容し、時には妥協しながら、魂《たましい》を重ね合わせていくんだ。そうすることで、お互いに感じる歪みは少なくなり、呪《のろ》いにならずに済むだろう」

呪いというのは言い得て妙だ。

今まで南美は、亜莉沙を連れて帰ることに執着していた。きっとそれも、南美が亜莉沙に、もしくは亜莉沙を想う自分に掛けた呪いの一種なのだろう。

「……亜莉沙と会ったら、ちゃんと話します」

九重と雨宮に背中を押されたような気がした。南美の亜莉沙に対する執着は、すっかり消えていた。

やがて、坂の先に光が見える。

赤黒い血のような、不吉な光だ。

しかし、南美の足は止まらない。一歩一歩確かに踏みしめ、恐れずに前に進んだ。

視界が、一気に開ける。

「うっ……」

南美は思わず呻《うめ》いた。

頭上は一面、真っ赤な空だった。

夕焼けのような優しい赤ではない。全てを塗り潰《つぶ》す血の赤である。

そんな空を背景に、朽《く》ちかけたビルが立ち並んでいた。窓ガラスが全てなくなったものや、骨組みだけのものもある。どれも妙に歪《いびつ》で、見つめていると不快感が込み上げてきた。

一方、足元にはひび割れたアスファルトの地面が広がり、その亀裂《きれつ》からはやけに黒々とした草が伸びている。

「これ……街……？」

南美は辛《から》うじてそう呟《つぶや》いた。

廃墟《はいきょ》ばかりの不吉さを醸《かも》し出す場所であること以外、普通の街並みと大差なかった。大通りに面して店のようなものが並んでおり、その前で黒い人影が蠢《うごめ》いていた。

人影は一人ではない。

あちらにも、こちらにも、そこにいることが当たり前であるかのように蠢いていた。その輪郭《りんかく》は曖昧《あいまい》で、頭の一部は空に溶けているようにすら見えるし、存在があまりにも希薄《きはく》なのでその先の風景が透けて見えていた。

「防犯カメラに映っていたっていうやつだ……」

人影はうぞうぞと南美達に近づく。南美は後ずさりをし、雨宮が南美を庇《かば》うように前に出るが、人影は意に介した様子もなく、目の前を通り過ぎていった。

「何なの……」

「こちらに気付かなかった……のか？」

南美は雨宮とともに、訝《いぶか》しみながら周囲を観察する。

ひどく荒廃した世界だが、見覚えがある。ついさっき、目にしたような——。

「これ、地下街の上じゃないですか？　地下街に入る時に、自分は見ました」

「やっぱり……」

雨宮の言葉に、南美の顔が青ざめる。

まさに、地上の街並みそのものだった。何百年も放置したかのようなたたずまいになっているし、ひどく歪んでいるが、ビルの並びも通りの様子も同じであった。

「でも、私達は坂を下ってきましたよね……？　普通は、地上には出ないのでは……」

「物質世界の物理法則に則《のっと》るならば、そうなるだろう」

周囲を観察していた九重が鋭く言った。

「つまり、ここは物質世界ではなく、物理法則も通じないっていう……」

雨宮の問いに、「ああ」と九重は頷いた。

「現世と重なり合う異界の一種。ヨモツヒラサカとは、これを指していたのかもしれない」

「これが、ヨモツヒラサカ……！」

南美と雨宮の声が重なる。

日本神話の「黄泉平坂《よもつひらさか》」の名を借りながらも、異なる世界。

九重が言うには、物質と概念が混じり合う世界なのだという。物質世界と概念世界の重なり合う異界はイメージしにくいため、「黄泉平坂」の名を借りたのだろう。

「これは、ここの住民……ですか？」

南美は人影の方を見やる。

「そうなる。彼らはここに存在しているが、ここは現世とも重なっている。認知のチャンネルが合えば、現世でこの世界の住民のことも目視できるようになる」

「じゃあ、やっぱり……」

遠く離れた通りに、不自然に蠢くものがあって南美はギョッとした。

風もないのに長い髪のようなものを蠢かせているそれは、影法師と瓜二つ《うりふた》であった。決定的に異なるのは、影法師は物陰に隠れていたが、そいつは堂々と通りを闊《かっ》歩《ぽ》しているということか。

「都市伝説で現れた怪異もまた、この世界の住民だろう。都市伝説を元に姿を得た者もいれば、元々、何らかの原因でそのような形をしていた者もいるかもしれない」

淡々と分析する九重の前で、南美はぶるりと震える。

「それじゃあ、あの怪異みたいなのが他にもいるってことですよね……」

なんとおぞましい。

やはり、ヨモツヒラサカは生きている人間がいていい世界ではない。亜莉沙は何《な》故《ぜ》、こんな場所に自分を招こうとしたのか。

「どうして……」

南美はぽつりと呟く。そんな時、雨宮が「あっ」と声をあげた。

「人だ……！」

「えっ」

赤と黒ばかりの街に、別の色があるのに気付いた。街角で、倒れている人間がいる。

「大丈夫ですか！」

雨宮は迷わずにすっ飛んでいった。九重もまた、蠢く人影に触れぬよう注意しながら歩み寄る。

「うん……」

ビジネスパーソン風の女の人だった。呻き声をあげたので生きていることは間違いないのだが、雨宮が揺さぶっても目を覚ます様子はない。

「怪異と接触して、ヨモツヒラサカに迷い込んだようだな」

九重は慎重に女性を観察する。

南美は、なんとも言えない面持《おもも》ちでそれを見ていた。

自分も影法師に取り込まれていたら、こんな風に恐ろしい街の中で転がっていたのだろうか。

女性を見ていた九重は、ハッと気付く。彼の表情を見て、南美と雨宮もまた息を呑《の》んだ。

「身体《からだ》が……影に……」

女性の指先が、やけに黒ずんでいる。

輪郭が曖昧になって、何処からが指かわからなくなっていた。黒ずんだ場所は半透明になっており、背景が透けて見えてしまっている。

その黒ずみは、三人が見ている前で少しずつ女性の身体を侵《おか》していく。

「もしかして、あの人影みたいになっちゃうんですか……？」

南美の声が震える。

「この世界に順応すれば、肉体が意味を成さなくなって、ああなるのだろうな……」

「早く外に連れ出さないと！」

雨宮は女性を抱《だ》きかかえ、立ち上がった。そうしている間にも、女性の身体はじわじわと影になっていく。

「境界世界の壁は薄い。俺《おれ》の異能で一時的に壁を破ろう」

「そんなことができるんですね……！」

「そうでなければ、君達を連れて境界に乗り込まない。それに、事前に現世との繋がりを作ってくれていたからな。思ったより容易に還《かえ》れそうだ」

九重はそう言って、懐《ふところ》からチョークを取り出してアスファルトに図形を描き始めた。呪符《じゅふ》にも似たようなものが描いてあったので、呪術《じゅじゅつ》の一種なのだろう。

「この女性、このままここにいたら、あの人影みたいになっていたんですよね。ということは、あの人影も元々は……」

南美は震える声で尋ねる。彼女の言わんとしていることを察した九重は、儀式の準備をしながら頷いた。

「大半は、ヨモツヒラサカに迷い込んだ人間だろう」

今、目の前で蠢いている人影だけではない。地下街で見かけた人影もまた、ヨモツヒラサカで影となって、境界の綻《ほころ》びから現世にやってきた存在だという。

「あの人達を戻す方法はないんですか」

九重は眉間《みけん》に深い皺《しわ》を刻《きざ》み、首を横に振った。

「物質世界の存在――すなわち我々は、他者との境界があって個が成り立っている。境界世界に適応した存在は、見てもわかるように個が曖昧だ。コーヒーに溶けたミルクを取り出すことができないのと同じなんだ」

「つまり、あの人達はもう、ヨモツヒラサカと一心同体ってこと……なんですね」

「……それって、どんな感覚なんだろう」

南美はぽつりと呟く。九重も雨宮も答えを持っていないのか、南美とともに唸《うな》った。

「自分が自分じゃなくなるという感じでしょうかね。夢を見ている時よりももっと、ぼんやりとした感じというか……。自分の身体を動かそうという発想もなく、ただ、流れるままに任せるのかもしれません」

雨宮は、目を覚まさない女性を見つめる。彼女もまた、同化しつつあるヨモツヒラサカが見せる悪夢の中に囚《とら》われているのだろうか。

「自我は、間違いなく喪《うしな》われるだろう。今の思考が自分のものなのか、他人のものなのかわからなくなる。そもそも、明確な思考や意思はなく、ただ、揺蕩《たゆた》うだけの存在になるだろうな」

感情の起伏も、限りなく凪《なぎ》に近くなるという。時折、思い出したように発生するさざ波程度の、およそ思考とは呼べないものしか持てず、しかもそれは他者と共有しているため、自分のものが他人のものにもなり、他人のものも自分のものになるのかもしれない、と九重は言う。

「それ、なんか嫌ですね」

まず、自分の気持ちが他人に漏れるというのが南美には耐えられなかった。それに、他人の気持ちが入ってくるというのも生理的に受け付けない。

自分の気持ちは誰にも譲《ゆず》りたくないし、大切にしまっておきたい。

もし、この境界世界を好む人間がいるとしたら、南美には理解できなかった。

「これでいいだろう」

九重の方は、儀式の準備が済んだらしい。地面に描いた図形の上に女性を乗せるよう、雨宮に指示する。

南美は邪魔《じゃま》にならないよう、一歩退《ひ》いてその様子を見守ることにした。

女性は指先どころか手まで黒ずんできた。一刻も早く現世に戻さなくては。

現世は嫌なことばかりだけど、自分が自分じゃなくなってしまうのはもっと嫌なことだろうから。

そう思った瞬間、ふと、甘い香りが鼻先を掠《かす》めた。

ヨモツヒラサカの生臭《なまぐさ》い臭気《しゅうき》に混じって、心地よい香りが南美の頬《ほお》を撫《な》でる。

南美は反射的に振り返った。

「亜莉沙……！」

視線の先に、あの長い黒髪の麗《うるわ》しい少女がたたずんでいた。

出会った時と同じ姿で、ミステリアスな微笑を湛《たた》えながら。

「亜莉沙！」

「待て！」

南美が走り出すのと、九重が制止するのは同時だった。

ひび割れたアスファルトから伸びた草が、突如《とつじょ》としてメキメキと生長する。それらは細長い木になっていき、寄り添い合って壁のように立ちはだかる。

「九重さん！　雨宮さん！」

二人の姿は、すっかり木でできた壁に覆《おお》われて見えなくなった。南美は二人の名前を呼ぶが、返事はない。

「キミとじっくり話したいんだ。だから、彼らにはこの場から退いてもらった」

ゆらり、と亜莉沙は南美にゆっくりと歩み寄る。

「あなた……本物の亜莉沙なの？」

「キミと出会った僕をそう定義づけるならば、そうだと頷こう」

亜莉沙は勿体《もったい》ぶるような笑《え》みを湛える。

ようやく会えた。

南美は喜びに打ち震える。だが、ずっと切望していた相手が目の前にいるというのに、何故か、駆け寄ることができなかった。

再会したら手を取りたいと思っていた。抱きしめたいとすら思っていたのに、何故。

「どうしたんだい？　まるで僕に怯《おび》えているように見えるよ」

苦笑混じりの亜莉沙の発言に、南美はハッとした。

そうだ、怯えているのだ。この愛《いと》しき友人の、得体の知れない雰囲気に。

赤くぼんやりと光る空のせいか、亜莉沙の瞳《ひとみ》は赤く輝いているように見えた。美しく妖《あや》しく、そして、不穏《ふおん》な感情が見え隠れしている。

怖い、と南美は直感的に思う。

赤い空を背負い、異様な人影どころか異形《いぎよう》そのものがうろついているというのに、彼女は平然としているばかりか堂々とすらしている。

その姿はまるで、境界世界の支配者のような――。

「……大丈夫」

南美は自分に言い聞かせる。亜莉沙への恐れを振り払い、彼女と向き合った。

「亜莉沙、帰ろう」

「帰る？」

亜莉沙が鸚鵡《おうむ》返《がえ》しに問う。彼女は、溜息《ためいき》混じりだった。

「私と一緒にいた人――九重さんは呪術屋っていって、境界とかそういうのに詳しい人なの。九重さんは帰る手段を持ってる。だから……」

「帰りたくない、と言ったら？」

予想していた答えだった。亜莉沙が現世で苦しめられて、ヨモツヒラサカに逃げ込んだのだとしたら、当たり前の返答だった。

「……ねえ、亜莉沙。辛《つら》いことや苦しいことがあったら、私が聞くから。私はあなたが大事だし、力になりたい」

「キミも現世で苦しんだようだ。ともに、ここにいるのはどうだろう」

「あなたと一緒なら何処《どこ》だっていい。そう思うけど、ここは駄目《だめ》」

「何故？」

「だって、この世界は何もかもが曖昧になって、あなたと他人の隔《へだ》たりがなくなってしまう！　私は、そんなのは嫌だ！」

亜莉沙は亜莉沙のままでいて欲しい。亜莉沙に他人が混じるのは嫌だ。

それが、南美の切実な願いであった。

しかし、亜莉沙は赤い空を仰《あお》ぎ、長い沈黙の後、溜息とともに答えた。

「それこそが、僕の望むことだったら？」

「えっ？」

南美は耳を疑う。亜莉沙は境界世界の恐ろしさを知っていて、それでも尚《なお》、それを望んでいるだなんて。

「なあ、南美君。どうして、ヨモツヒラサカの噂《うわさ》が流れたか知ってるかい？」

「それは、色んな人がヨモツヒラサカの都市伝説に興味を持ち、動画や記事で取り上げたから……」

いや、それは拡散した過程だ、と南美は思い出す。雨宮はその拡散に手を貸したにすぎない。

では、切っ掛けは何か。

「ヨモツヒラサカの都市伝説は、僕が生み出したんだ」

「な……っ」

亜莉沙の告白に、南美は絶句する。

「僕はふとした切っ掛けで、境界世界の存在を知った。全国各地に存在する怪異の情報を集め、分析した結果、物質と概念が曖昧な世界のことを理解し、アクセス方法を見つけた」

それは、境界世界が物質世界の人間に広く認知されること。

多くの人間が境界世界とチャンネルが合うようになれば、境界世界の存在もまた、物質世界である現世に現れやすくなるという。

「境界世界の存在と接触すれば、境界世界に行く切っ掛けが得られる。だから僕は、彼らが双方の世界を行き来できるよう、舞台を整えたのさ」

「出版社に手紙を送ったのは……」

「出版社の最寄りの郵便局の消印の手紙の話なら、僕の仕業《しわざ》だ」

亜莉沙は、あっさりと頷いた。

「それじゃあ、ヨモツヒラサカの都市伝説は……全部、亜莉沙の創作……？」

「いや。僕は元々あった怪談を、ヨモツヒラサカに関連付けたにすぎない。個人の創作する怪異が集合無意識に定着するには時間がかかるし、多くに共感される怪異を創造できるほどの才能もない」

亜莉沙は頭《かぶり》を振る。

彼女は平然と話しているが、南美は話のあまりの壮大さに眩暈《めまい》がした。彼女は雨宮をはじめとする大勢の人を巻き込み、自らの願いを実現しようとしていたのか。

「……たくさんの人が、こっちに連れてこられたの。さっきも、この世界に溶けてしまいそうな人を保護したんだよ」

「それについては……、本当にすまないと思っている。こんなに大ごとになるとは思わなかった。どんなに責められても文句は言えない」

亜莉沙は沈痛な面持ちで目を伏せる。その態度に違和感はなく、心底申し訳なく思っているのだろう。

だが、そんな彼女が、何もかも犠牲にして、どうして境界世界に行きたかったのか。

「どうして、ヨモツヒラサカに行きたいと思ったの……？　あなたは自分がどうなってもいいの？」

「どうなってもいいわけじゃない」

亜莉沙はきっぱりと否定した。

「曖昧な存在になって、僕の個を消したいだけだ」

「どうして……！」

「それは、僕が曖昧な存在だからさ」

亜莉沙は自分のことを、ひどく投げやりな眼差しで語った。今まで南美が見てきた中で、一番冷ややかで、乾いた目だ。

「亜莉沙が、曖昧……？」

「キミは僕を見てどう思う？」

「どうって、美人で頭が良くて、素敵な女の子だと思う……」

南美は自分の感想を包み隠さずに伝える。すると、亜莉沙は悲しそうに目を伏せた。

「ごめんなさい……！　私、何か……」

「いいんだ。キミは何も悪くない。悪いのは——僕だ」

亜莉沙はそう断言した。

「僕は女じゃない」

「えっ？」

「正確には、女として扱われることに違和感を覚える人間だ。生まれ持った肉体は女だが、それをずっと不自然に感じている」

「あっ……」

世間にはそういう人がいるということを知っていた。魂と肉体の性自認が異なるがゆえに、時に苦しむ人達のことを。

まさか、亜莉沙がそうだとは思わなかった。やや堅い喋《しゃべ》り方も、彼女の個性だと思って疑わなかった。

「そうとも知らずに、ごめんなさい……」

「やめてくれ。キミは本当に悪くないんだ。それは、僕がよくわかっている」

亜莉沙は心を痛めるように表情を歪めた。

「僕は女として扱われる度《たび》に、他人の認識と自分の認識に歪みを感じていた。しかし、男になりたいわけでもない。どちらともつかない、曖昧な存在なんだ」

亜莉沙は時として、女として扱われると吐き気すら覚えるほどの拒否感を抱《いだ》いたという。相手が南美のように、好意を持って女性として扱ってくれる時もだ。

亜莉沙自身、その相手の好意を正しく受け止められないことに辟易《へきえき》していたそうだ。

「歪んでいるだろう？　キミ達は親しみと慈《いつく》しみをくれるのに、僕は嫌悪感を抱くんだ。僕は、そんな自分が大嫌いだった」

「亜莉沙……」

大嫌い。その一言が、南美の胸に深く突き刺さる。

亜莉沙が自分自身を嫌っていることが悲しかった。南美に向けて言われた方がマシだと思うくらいだ。

「……御両親は？」

「一度だけ、匂《にお》わせたことがある。だが、えらく悲しそうな顔をされたよ。だから僕は、冗談だと誤魔化《ごまか》した」

亜莉沙の家は古い家風で、女として生まれたからには女らしく振る舞えと亜莉沙に教え込んでいたらしい。だから、亜莉沙は両親の前では、ステレオタイプの女性らしく振る舞っていたという。

「家、居辛《いづら》かったんだ……」

私も同じだ、と思いながら、南美は言った。

「そうだな。だから、できるだけ図書館にいるようにしていた。そんな時、キミに出会った」

亜莉沙は一息吐《つ》き、南美を見据《みす》える。

「僕はキミのことが好きだ。最初は妹のようで放っておけないと思ったけど、本を読んで目を輝かせるキミが、本当に愛しいと思ったんだ」

「わ、私も！」

南美は負けじと声を張り上げる。

「私もあなたが好き！　最初は、ミステリアスで綺麗《きれい》で、私の知らないことを知っているところに憧《あこが》れていたけど、傷つきながらも他人を気遣《きづか》える優しいあなたが好き！　あなたが女でも男でも、そうじゃなくても何でもいいの！」

南美の言葉に、亜莉沙は一瞬、目を見開いた。瞳の奥に安堵するような光が過《よぎ》る。

しかし、それも一瞬のことだった。

「キミがそこまで僕を強く想ってくれているのは嬉《うれ》しいよ。だが、僕はもう、自分の歪みに耐えられない」

「亜莉沙ッ！」

亜莉沙は一気に詰め寄ったかと思うと、南美の首に手をかけた。

ひゅっと喉《のど》から空気が漏れる音がする。南美が驚愕《きょうがく》している隙《すき》に、亜莉沙は彼女を組み伏せた。

「ぐっ……なにを……」

ぎりっと南美の首が絞《し》められる。亜莉沙の美しい指先が絡《から》み、殺意を持って南美に覆い被《かぶ》さっていた。

「僕はヨモツヒラサカに来ることで、自分の姿を捨てられると思っていた！　だが、今もこうして残っている！」

自《みずか》らの違和感の元凶である肉体を消すこと。それが、亜莉沙の目的だった。自らが曖昧だと言った亜莉沙は、存在そのものを曖昧にしようとしていたのだ。

「僕が自身を保ててしまっているのは、恐らく、キミが僕の姿を強く想っているからだ。キミの中の概念的な僕が強すぎる。だから、境界世界でも僕は僕のままなんだ！　キミさえ消えれば、僕は全てを捨て去れる！」

南美は、亜莉沙が自分を招いた理由がよくわかった。亜莉沙は自分の目的を果たすために、南美を亡き者にしようとしていたのだ。

しかし、ここで死んだらどうなるのだろう。人影となった人達は、あんな姿でも生きているはずだ。それとも、ここでは生と死の概念すらも曖昧なんだろうか。

「もし、キミが曖昧な存在になってヨモツヒラサカの一部になるのだとしても、安心してくれ。キミを喪った僕もじきに、曖昧な存在になれる。そうすれば、僕達はずっと一緒だ……！」

なんて甘美な響きだろう。

首を絞められているというのに、南美は亜莉沙の言葉に酔い痴《よ》《し》れていた。このまま一つになって溶《う》け合えるなら、それでいいかもしれない。この美しくも孤独な友人の心のすき間を埋められるのならば、それは本望だ。

だが、その間に他人も混ざるかもしれない。ヨモツヒラサカは南美と亜莉沙だけの世界ではない。

それに――。

「だ、駄目だよ……」

南美は、辛《かろ》うじてそう訴えた。

友人の口から出た拒絶の言葉。亜莉沙の表情は悲しみに歪み、指先が緩《ゆる》んだ。

「そう――だろうな。こんな僕と心中するなんて……」

「違う」

咳《せ》き込みながらも、南美はハッキリと言った。

「私は……ううん、私達はきっと、違う者同士だから惹《ひ》かれたの」

「違う者同士……だから？」

「少なくとも、私はそう。周りを拒絶してばっかりの私とは違う。達観するような姿に惹かれたの。実際、それはあなたがそう見せかけていただけだけど、でも結局、あなたは他人を気遣える人だった」

だからこそ、見た目のままに亜莉沙を扱う相手に負の感情を向けず、自分ばかり責めていたのだ。南美はすぐに、他人を原因にしてしまうというのに。

「そんな素敵なあなたが、私や他の誰かと混ざってしまうのは嫌。ごめんなさい。あなたと違って、私は自分勝手で……」

「南美君……」

「ねえ、亜莉沙。あなたは自分と他人とのギャップを歪みだと感じて苦しんでいるけど、相手と互いに理解し合い、魂を重ね合うことで歪みが少なくなるんだって」

九重の言葉だ。

彼は認知の歪みもまた呪いの一種としていたが、亜莉沙もまた呪いに見舞われていたのだろう。その呪いによって、亜莉沙を見た他者は亜莉沙を女性だと断定し、亜莉沙もまた、自分が歪んでいるのだと思ってしまったのだろう。

南美は亜莉沙の話を聞くことで、亜莉沙が見た目のままではないのだと知った。

これによって、南美の呪いは解《ほど》かれ、亜莉沙との歪みが減ったのだと確信していた。

「亜莉沙、あなたが歪みに苦しめられているなら、私があなたを理解することで苦しみが減ると思う。でもそれは、同一の存在じゃできない。だから私達は、個でなくてはいけないの」

認知は、対象と観測者がいることで成り立つ。亜莉沙の呪いを解くには、亜莉沙本人と、それを認める誰かがいなくてはいけなかった。

「私は、あなたの呪いを解きたい。現世は嫌なことが多いかもしれないけど、私はあなたと現世で手を取り、魂を重ね合いたい」

迷える二つの魂。一つでは闇に呑まれてしまうかもしれないが、二つならば未来が開けるかもしれない。

南美の心には、希望しか宿っていなかった。いまだかつてない晴れやかな気持ちで、自分に覆い被さる亜莉沙を見つめる。

ぽつ、と温かいものが南美の頬に当たった。亜莉沙の双眸《そうぼう》は、涙に濡《ぬ》れていた。

「亜莉沙……」

「僕はずっと……一緒に悩み、ともに進んでくれる人を探していたんだ……きっと」

亜莉沙は、ポロポロと大粒の涙を流す。亜莉沙の優しく温かい涙が頬を濡らすのが、南美にとって心地よかった。

自然と亜莉沙の頭に手が伸びる。亜莉沙は驚いていたが、南美は構わずに亜莉沙の頭をそっと撫でた。

「帰ろう。私達の世界へ。居場所がないなら、一緒に作ろう」

「……ああ」

亜莉沙は、はにかむような笑みを浮かべる。二人は立ち上がり、手を取り合った。

赤く淀《よど》んだ世界に、眩《まばゆ》い光が射す。

それは、二人と九重達との間を阻《はば》んでいた木のすき間からであった。

南美と亜莉沙は頷き合うと、二人同時に光の中に飛び込んだ。

光の先は、あの廃《すた》れた地下街であった。

近くにレトロすぎる蕎麦屋《そばや》があり、ビジネスパーソン風の男性が暖簾《のれん》をあげて入っていく。腰が曲がった老婆が買い物かごを提《さ》げてのんびりと歩いていたが、いずれもごく日常的であまりにも平凡なたたずまいの人達であった。

「九重さん……！」

南美を待っていたのは、九重であった。

その背後には、雨宮がいる。雨宮が抱きかかえている女性の指先は、実体が鮮明になっていた。

「友人を連れ戻せたようだな」

「九重さん達のお陰です。有《あ》り難《がと》う御座《ござ》います！」

頭を下げる南美に、九重と雨宮は静かに頷いただけであった。

それだけで充分だ。彼らの穏《おだ》やかな表情を見れば、友人を取り戻せた南美を祝福していることも、南美の感謝を受け取ったことも明白だったから。

しかし、南美とともに帰還《きかん》した亜莉沙は、罪悪感に満ちた表情でうつむいていた。

あの堂々とした姿はなりを潜《ひそ》め、九重達と目を合わせることができないでいる。

だが、そうしていても意味がないことを、聡《さと》い亜莉沙は悟っているようだった。

やがて、覚悟を決めたように口を開く。

「あなたは呪術に詳しいと彼女に聞いた。僕がヨモツヒラサカにいる時に、そこにやってきそうな人間を現世に戻す動きがあったのは感知していた。それは、あなたがやったのか？」

「……ああ」

九重が頷くか頷かないかのうちに、亜莉沙は深々と頭を下げた。

「ヨモツヒラサカの噂を広めたのは、僕だ。僕のせいで、多くの人がヨモツヒラサカに迷い込んだ。……僕にできることはあるだろうか。取り戻すことができないのなら、何らかの形で罪を償《つぐな》いたい……！」

「わ、私も！」

南美もまた、亜莉沙に続く。

「私が亜莉沙の苦しみに気付いていれば、もっと違う結果になったかもしれない。だから、私も一緒に償います！」

「南美君……！」

「亜莉沙は何もかも背負いすぎるから、私に半分背負わせてよ。あなたが苦しんでいる方が、私は倍以上辛いから」

「そんな……」

気遣う亜莉沙と決意を固める南美、二人を順番に見やると、九重は静かに答えた。

「ヨモツヒラサカ――境界世界は、元々、些細《ささい》な切っ掛けで迷い込むことがある。神隠《かみかく》しもその一種だ。加えて、今回ヨモツヒラサカに行ってしまった者は、元々、現世に対する執着が希薄な者が多い。ヨモツヒラサカの一件がなくても、別の切っ掛けで境界世界に迷い込む可能性も高かった」

亜莉沙だけが原因ではない、と九重は念を押す。

彼女が切っ掛けを作らなくても、別の誰かが切っ掛けを作ったかもしれない。それほどまでに、ヨモツヒラサカとの壁は薄かったという。

「でも――」

「それでも尚、気が済まないというのなら、少々我々を手伝って欲しい。まだ実体を保ったままヨモツヒラサカに留《とど》まっている者がいるはずだから、俺はその保護を。そして……」

九重は雨宮を見やり、続きを託《たく》す。

「こちらは噂の収束に努めます。検証系の動画配信者に協力を働きかけたり、都市伝説を台無しにする噂を流したりする――とかですかね。強く否定すると信憑性《しんぴょうせい》が増すので、興《きょう》がそがれるものがいいでしょう。それらを考える手伝いや、拡散する手伝いをしてください」

「そんなことで……いいのか？」

亜莉沙は落ち着かない表情だ。

「そんなことが、いいんですよ。あなた達は版元でもなく著名人でもない、一般人だ。都市伝説を信じている人達と対等だからこそ、彼らはあなた達の言葉を信じるでしょう」

「……わかった。やってみよう」

亜莉沙は腹をくくったように、しっかりと頷いた。

「境界と繋がりすぎてもいけない。それを、今回の件で強く感じました。そこにいる彼らだって、静かに暮らしたいかもしれないですしね」

雨宮は、扉があった場所を見つめる。

錆《さ》びついた扉は影も形もなく、ただ、突き当たりには荷物が積み上げられているだけであった。

南美が亜莉沙を連れて現世に戻った今でも、ヨモツヒラサカの住民達はあの曖昧な世界に存在して、彼らなりに生きているのだろう。

そばにいるけど、相容《あいい》れない隣人達。おぞましくもあったが、その気持ちもまた、彼らに対して理解が及ばないがゆえの呪いの一つかもしれない。

そう思った南美は、お互いに穏やかに過ごせるよう、密《ひそ》かに祈ったのであった。

南美が帰宅すると、両親不在の自宅の前に誰かが待っていた。

クラスメートの町屋《まちや》だ。

一体、何をしに来たのか。

踵《きびす》を返して逃げてしまおうかと思った南美であったが、それでは何も変わらない。

町屋のことは、気に食わないとか本を捨てたとか以外は、何も知らない。彼女を避けるのは、彼女をもう少し知ってからでいいのではないかと思い、南美は足を踏み出した。

「あっ」

足音に気付き、町屋が振り向く。

「何してるの？」

「石津を待ってたんだよ」

取り巻きがいない町屋は、いつもより少し落ち着いて見えた。彼女は、気まずそうな顔で南美に歩み寄る。

「あのさ。悪かったよ」

「え？」

「本、捨てただろ？　あれは本当に反省してる。どうしても話をしたくて、躍起《やっき》になってた」

町屋はそう言うと、「ごめん」と頭を下げた。

南美はしばらくの間、状況が呑み込めずにぽかんとしていた。やがて、ハッと我に返ると、自分も頭を下げる。

「私こそごめん。町屋さんに怪我《けが》をさせて……」

「ああ？　あれはいいよ、もう。かすり傷だし、治ったし」

町屋は、南美がひっかいた痕《あと》を指先でなぞる。少し赤い痕が残る程度で、消え去るのは時間の問題だった。

「あの、それだけだから」

「そのために、うちに？」

「んだよ、悪いか」

町屋は毒づいてみせた。

「石津がなかなか学校に来ないからさ。心配になっちまって。私以外にも、お前のこと心配してる奴《やつ》がいる。だからさ、来たくなったらでいいから、来て欲しい。それだけ」

町屋はそう告げたかと思うと、風のように去っていった。去り際に、「またな！」と言い捨てながら。

「ま、また……」

南美は呆気《あっけ》にとられながらも町屋に手を振る。クラスメートに手を振ったのなんて、何時《いつ》ぶりだろう。

空はいつの間にか、黄昏《たそがれ》に染まっていた。穏やかな昼の色と優しい夜の色が混ざり合い、境界を曖昧にしている。

「明日、学校に行こうかな……」

そして、心配していたというクラスメート達に謝っておこう。そして、自分を気遣ってくれる優しさに感謝をしよう。

南美は、自分の心が解きほぐされるのを感じる。自分に掛けていた頑《かたく》なな呪いから、解放された気分だった。

放課後は、亜莉沙と図書館で待ち合せようか。そこで、これから自分達が何をできるか話し合おう。

南美はスマートフォンを取り出し、亜莉沙にメールをする。即座に来た「喜んで」という返事に顔をほころばせ、南美は家の中に入ったのであった。

エピローグ

怪談都市からの帰路

た。

夏のじりじりとした陽射《ひざ》しが地面を焼く。

容赦《ようしゃ》ない太陽光によって白く染まった道路に、真っ黒な影がいくつも落ちていた。

南美《みなみ》は亜莉沙《ありさ》とともに真夏の街を往《ゆ》く。二つの華奢《きゃしゃ》な影もまた、仲良く並んでいた。

屋外ビジョンでは、『神隠し⁉　行方《ゆくえ》不明男性、三カ月ぶりに保護』という見出しのニュースが流れている。三カ月前に姿を消した男性が、都内某所《ぼうしょ》の神社で呆然《ぼうぜん》としているところを発見されたという。

その男性は、「見慣れた街によく似てる悪夢みたいな場所をさまよっていたけど、不思議な光に導かれてここに来た」と証言しているらしい。

「雨宮《あまみや》さんの記事、上手《うま》くいったみたい」

南美が呟《つぶや》くと、亜莉沙は頷《うなず》いた。

「そのようだね。本当によかった……」

南美のバッグの中には、雨宮が寄稿しているオカルト雑誌が入っていた。

亜莉沙を助けた後、雨宮はヨモツヒラサカに迷い込んだ人間に帰り道を作ろうと試みた。

ヨモツヒラサカの噂《うわさ》を打ち消しても、迷い込んだ人達が帰ってくるわけではない。

だが、完全にヨモツヒラサカに溶け込んでいる人はともかく、まだ自我と形を保っている人も少なくないはずだ。

しかし、九重《ここのえ》がヨモツヒラサカに侵入して連れ戻すにも限界がある。

そこで、雨宮は提案したのだ。

「ヨモツヒラサカへの道は一方通行。ですが、帰り道を作ることもできるのではないかと思います。実際、ヨモツヒラサカへの道は噂で作られたわけですし、ヨモツヒラサカの住民は現世にやってきてますから」

両者の境界は曖昧《あいまい》だ。そして、現世にやってきたヨモツヒラサカの住民は、チャンネルを合わせることで接触ができる。

ヨモツヒラサカから現世への繋《つな》がりをもう少し強くすれば、ヨモツヒラサカに迷い込んだ人々が自主的に帰還《きかん》できるのではないかというのが雨宮の考えであった。

「その発想はなかったな……。帰り道が多くの人間に認知されれば、不可能ではない」

九重は目を見開き、驚愕《きょうがく》したように言った。

「それなら、自分はヨモツヒラサカからの帰路についての記事を書きます。都内のパワースポットとして注目を集めている——すなわち、大衆の信仰を多く集めている神社が出口になっているとすれば、噂に説得力が増すでしょう」

「従来の信仰が上乗せされるから、概念の力も強くなるだろうな。ネガティブな呪《のろ》いをポジティブに変える、良い発想だ」

九重もまた、雨宮の案に頷く。

「ペンで犯した過《あやま》ちは、ペンで挽回《ばんかい》します」

雨宮の表情から覚悟が窺《うかが》えた。

これが、ちゃんとした大人なんだと南美は思った。

世の中は複雑だ。大人だって間違えることはある。でも、自分がしたことに責任を持ち、状況を覆《くつがえ》そうというのだ。

南美と亜莉沙は一般人として噂を広めることを手伝えるが、大きな流れを作るには、出版社が長年築いてきた信頼と、記事を執筆するライターの腕前が必要だ。

呪いのプロフェッショナルの九重、メディアのプロフェッショナルに属している雨宮、そして、噂に力を与える大衆に最も近い場所にいる南美と亜莉沙。

一同が、少しでも多くの人を救おうと一丸《いちがん》になった。

その結果、行方不明者が唐突《とうとつ》に帰還するというニュースを立て続けに聞くようになった。ネット上でも、更新を停止していたSNSのアカウントが、突然更新・再開するという例が増えた。

彼らは皆、口を揃《そろ》えて「ヨモツヒラサカから帰ってきた」と証言していた。

「帰還者の体験談でヨモツヒラサカの存在がより身近になってしまうかもしれないが、帰り道が確立しているのならば問題ないだろうね。それに、何処《どこ》かに行ってしまいたい人間は、帰り道がある場所にはあまり惹《ひ》かれないだろう」

亜莉沙は、少し寂しそうに微笑《ほほえ》む。かつての自分と重ねているのだろう。

だが、亜莉沙のような人間はもう、ヨモツヒラサカには見向きもしないはずだ。羨望《せんぼう》が薄れてヨモツヒラサカへの狂信的な興味が少なくなれば、自然と壁が厚くなり、容易に往路が開かれなくなるだろう。

「亜莉沙はまだ、帰り道がない場所に行きたい？」

ふと不安になって、南美は尋ねる。すると、亜莉沙は静かに首を横に振った。

「とんでもない。僕はもう、そんな場所に行く理由はなくなったから」

「そっか……。よかった」

自分は亜莉沙の居場所になれたのかもしれない。温かい幸福感が、南美の心を満たしていく。

「だが――」

「えっ」

亜莉沙の言葉には続きがあった。南美が慌てて亜莉沙の方を振り返ると、亜莉沙とばっちりと目が合った。

「南美君が帰り道のない場所に行ったら、僕はついて行ってしまうかもしれないな」

「そ、そっか……」

微笑む亜莉沙に、ドキッとしてしまう。喜びと照れくささのあまり、南美は思わずはぐらかしてしまいそうになるが、ぐっと堪《こら》えた。

ここは、亜莉沙と向き合わなくては。

「わ、私はここにいるから。亜莉沙もここにいるし」

「そうかい。それは何よりだ」

亜莉沙は満足そうに微笑む。南美は恥ずかしくて目をそらしてしまったが、その代わりに、そっと手を差し出した。

隣にいる亜莉沙は、静かに南美の手を握る。

ひんやりとした指先だが、確かな感触。お互いが個でないと味わえない幸福感だ。

「なんか……今日は一段と暑いね。その……アイスでも食べに行こうか」

「いいね。南美君は何味が好みだい？」

「私はバニラ……かな。亜莉沙は？」

「僕は抹茶《まっちゃ》。せっかくだから、バニラと抹茶のダブルにしようと思う」

「それじゃあ、私も！」

二人の影が、行き交う人々の雑踏《ざっとう》の中へ消えていく。

二人の足取りは確かで、その道は未来へと続いていた。


〈了〉

初出
第一話　WEB文蔵　二〇二三年一月
第二話　WEB文蔵　二〇二三年二月
第三話　WEB文蔵　二〇二三年三月
第四話　WEB文蔵　二〇二三年四月
第五話　書き下ろし
第六話　書き下ろし
エピローグ　書き下ろし

著者紹介

蒼月海里（あおつき　かいり）

宮城県仙台市生まれ。日本大学理工学部卒業。元書店員で、小説家兼シナリオ・ライター。

著書に、「幽落町おばけ駄菓子屋」「幻想古書店で珈琲を」「深海カフェ 海底二万哩」「地底アパート」「華舞鬼町おばけ写真館」「夜と会う。」「水晶庭園の少年たち」「稲荷書店きつね堂」「水上博物館アケローンの夜」「咎人の刻印」「モノノケ杜の百鬼夜行」「ルーカス魔法塾池袋校」「怪談喫茶ニライカナイ」「怪談物件マヨイガ」などの各シリーズ、『もしもパワハラ上司がドラゴンにさらわれたら』などがある。

PHP文芸文庫　怪談都市ヨモツヒラサカ

2023年7月21日　第1版第1刷

著　者　蒼　月　海　里
発行者　永　田　貴　之
発行所　株式会社ＰＨＰ研究所
東京本部　〒135-8137 江東区豊洲5-6-52
文化事業部　☎03-3520-9620（編集）
普及部　☎03-3520-9630（販売）
京都本部　〒601-8411 京都市南区西九条北ノ内町11
PHP INTERFACE　https://www.php.co.jp/
組　版　朝日メディアインターナショナル株式会社
印刷所　図書印刷株式会社
製本所　東京美術紙工協業組合

ISBN978-4-569-90325-5